JN305142

メアリ・シドニー・ロウス

シェイクスピアに挑んだ女性

楠 明子

みすず書房

メアリ・シドニー・ロウス——シェイクスピアに挑んだ女性

目次

はじめに

ロンドンの南、ケント州のトンブリッジにあるペンズハースト館（Penshurst Place）は、イギリス・ルネサンス（十六・十七世紀）の華と讃えられ、国民的英雄でもあったサー・フィリップ・シドニー（Sir Philip Sidney、一五五四—一五八六）〔図1〕の生家である。ペンズハースト館は、フィリップの祖父であるウィリアム・シドニーが一五五二年、エドワード六世から下賜されて以来今日に至るまで、四五〇年以上の間シドニー家の私邸であり、現在は第二代ドゥライル子爵フィリップ・シドニー（Philip Sidney The Second Viscount De L'Isle）の館である。この館は果樹園につながる美しい庭園をもち、背後には羊が戯れる緑の大丘陵が広がる。ウィリアム・シェイクスピア（William Shakespeare、一五六四—一六一六）の友人のベン・ジョンソン（Ben Jonson、一五七二—一六三七）を始めとする多くの文人たちが絶賛した、凛とした品格あるたたずまいは、今も変わることなく保たれている。館内のステイト・ダイニングルーム（正式のダイニングルーム）、俗にソラー・ルームと呼ばれる部屋の東西の壁には、シドニー家ゆかりの人々の肖像画が飾られてい

図1　サー・フィリップ・シドニー（ペンズハースト館当主ドゥライル子爵所蔵）
[By kind permission of Viscount De L'Isle from his private collection]

る。この西側の壁には、シェイクスピアの活躍したイギリス・ルネサンス時代に生きた女性の特徴を見事に表現している一枚の肖像画がある。この絵は拙著『英国ルネサンスの女たち——シェイクスピア時代における逸脱と挑戦』（みすず書房、一九九九年）の表紙に使用した絵でもある〔図2〕。肖像画の中央に立つ若い女性はフィリップ・シドニーの姪で、イギリス史上初の本格的な女性作家といえるレイディ・メアリ・シドニー・ロウス（Lady Mary Sidney Wroth、一五八七〔?〕—一六五一／五三、以下メアリ・シドニー・ロウスもしくはメアリ・ロウス）であるとみなされている。背後に立つ女性はメアリの母親で、ウェールズの富裕な遺産相続人であった初代レスター伯夫人バーバラ・ガメッジ・シドニーである。彼女たちの後ろに飾られている絵には、前方に馬が立ち、奥の木立の辺りには貴族の女性と侍女と思われる人物が描かれている。(1)

この肖像画は十六・十七世紀に生きたイギリス女性の、ある特徴を描くことが意図されているように思われる。まず、絵の中の二人の女性の背後にある絵画は、女性の義務は家庭を守ることであり外出はなるべく控えるべきであるという当時の社会通念に反し、馬で女性が遠出をしていることを示している。さらに驚くべきことは、メアリ・ロウスが左耳につけているイアリングのような茶色の円形の物体だ。彼女の背後に立つ母親がしているイアリングと比べると、この丸い茶色の物は大きさからも形からも、普通のイアリングとは異なる。

この絵のメアリの耳を飾る茶色い物は、彼女の恋人の巻き毛のように見える。当時は恋する女性が恋人の巻き毛を耳に飾る習慣があった。メアリには幼いころから、従兄であるウィリアム・

図2　メアリ・シドニー・ロウス（中央）と彼女の母レスター伯夫人（背後）をモデルとしたといわれるダブル・ポートレイト（ペンズハースト館当主ドゥライル子爵所蔵）
[By kind permission of Viscount De L'Isle from his private collection]

ハーバート（一五八〇―一六三〇）という恋人がいた。彼は劇作家ウィリアム・シェイクスピアのパトロンでもある。ウィリアム・ハーバートはやがて第三代ペンブルック伯となるが、彼と弟のフィリップ・ハーバートは、シェイクスピアの死後一六二三年に刊行されたシェイクスピアの初の戯曲全集「第一・二つ折版」（ファースト・フォリオ）が献呈されていることで有名な貴族である。結局メアリは、エセックス州の大地主の嫡男、サー・ロバート・ロウスと一六〇四年に結婚することになる。ロバートは、エリザベス一世亡き後一六〇三年にイギリス国王の座に就いたジェイムズ王の寵臣の一人であった。しかし、ウィリアム・ハーバートはメアリにとって、一生を通しての恋人であった。メアリは、夫の死後ハーバートとの間にウィリアムとキャサリンという双子の庶子をもうけている。ウィリアム・ハーバートは知的な宮廷人、武人、詩人であり、特に女性に人気のある男性であった。一六〇一年にはエリザベス女王の女官メアリ・フィットンを妊娠させて女王の怒りを買い、フリート監獄に投獄されたこともある。自分と同じように詩や演劇好きの従妹のメアリに特別の愛情を持っていたとはいえ、彼は常に彼に恋する多くの女性に囲まれていた。ジェイムズ国王の王妃アンもウィリアム・ハーバートの魅力にとりつかれ、一時期はメアリと三角関係のもつれがあったともいわれている〔図3〕。

一方のメアリは、ウィリアムのたびたびの心変わりにもかかわらず、一途に彼を愛しつづけ、当時、人間の尊厳の代名詞のように使われた「コンスタンシー」（誠実さ）を体現した女性である。この絵の中でメアリはウィリアムに向かって、あるいはライヴァルの女たちに対して自分の恋愛

図3　ウィリアム・ハーバート第三代ペンブルック伯（ペンズハースト館当主ドゥライル子爵所蔵）
[By kind permission of Viscount De L'Isle from his private collection]

を宣言しているようにさえみえる。シドニー家、ハーバート家の人々はもちろんのことだが、宮廷の多くの人々が二人の親しい関係を知っていたので、ペンズハースト館という私邸に飾る肖像画であれば、恋人の巻き毛を耳に飾った絵でも物議を醸すことはなかったのであろう(2)。

エリザベス一世の後を継いだジェイムズ国王は、女性が学ぶべき大事なことは針仕事と夫や子供の世話をすることと言ってはばからず、王の治世であるジェイムズ朝（一六〇三―一六二五）では、女性の自由な行動には大きな制約があった。しかし、この十七世紀初頭のイギリスでは、「貞節・寡黙・従順」が女性の理想像として社会に掲げられていた一方で、馬で自由に遠出をしたり、自分に恋人がいることを肖像画の中で表明したりする女性が出現していたのである。当時の常識を打破しようとするパイオニア的な女性が受けた社会的圧力は、きわめて大きかった。そのような女性の典型ともいえるメアリ・ロウスの生き方を、当時すでに人気劇作家であったウィリアム・シェイクスピアの作品との関係で考察するのが本書の目的である。先に述べた肖像画のメアリのイアリングは、現在見るとぼやけている。筆者はドゥライル卿夫人のご好意で、夫人とともに大きな懐中電灯で、この肖像画のイアリングの部分をしっかりと見る機会を与えていただいたが、依然としてぼやけて見えた。四世紀の年月の経過とともにぼやけてしまったのかもしれないが、初めから明瞭には描かれていなかったのかもしれない。本書で明らかにするように、メアリ・ロウスが作品の中で自分の見解を表わそうとする時の特徴は、具体的に何を書いているのかが明確にはわからないように描くことである。この肖像画のメアリが耳にしている巻き毛は、初めから意図的にぼかして描かれたのかもしれない。この肖像画を描いたのはネーデルラント（現在のオランダ）人で、当時多くの著名な貴族の肖像画を描いているマルクス・ギアハールツ（Marcus Gheerhaerts）二世である。

本書における『ユーレイニア第一部・第二部』の引用は、以下の版による。*The First Part of The Countess of Montgomery's Urania by Lady Mary Wroth*, ed. Josephine A. Roberts（Binghamton: Medieval & Renaissance Texts & Studies, 1995）; *The Second Part of The Countess of Montgomery's Urania by Lady Mary Wroth*, ed. Josephine A. Roberts, completed by Suzanne Gossett and Janet Muller（Tempe, Arizona: Renaissance English Text Society in conjunction with Arizona Center for Medieval and Renaissance Society, 1999).『恋の勝利』の引用は、*Lady Mary Wroth's Love's Victory: The Penshurst Manuscript*, ed. Michael G. Brennan（London: The Roxburghe Club, 1988）による。

シェイクスピア劇の引用には、*The RSC Shakespeare, William Shakespeare Complete Works*, eds. Jonathan Bate and Eric Rasmussen（Basingstoke: Macmillan, 2007）を使用した。また、作劇や初演年については、基本的には *Annals of English Drama 975-1700*, ed. Alfred Harbage and Revised by S. Shoenbaum（Philadelphia: University of Pennsylvania Press, 1964）による。

シェイクスピア劇の日本語訳は小田島雄志氏および松岡和子氏による翻訳を参考にさせていただき、筆者が行なった。

ロウスの作品の翻訳はすべて筆者による。

注

（1）ドゥライル卿によると、この背後の絵は真っ黒であったが、近年に保存の目的で絵全体を洗浄したところ、馬や女性の姿が現われたとのことである。

（2）『ユーレイニア第二部』には、パンフィリアがロドマンドロとの結婚式の朝、彼女がその時までずっと耳につけていた「巻き毛」を、私室で泣きながら燃やす様子が描かれている（二七六頁）。

序章

1

メアリ・ロウスは、イギリスがスペインの無敵艦隊に勝利を収める前年の一五八七年もしくは一五八六年十月十八日、ペンズハースト館で生まれた。父はフィリップ・シドニーの弟ロバート・シドニー（一五六三―一六二六、初代レスター伯）、母はウェールズの裕福なガメッジ家の遺産相続人バーバラ（サー・ウォルター・ローリーの従妹）である。六人の子供のうち、メアリは長女であった。

フィリップ・シドニーは一五八六年十月、反カトリックのプロテスタント支援のための対スペイン戦争の最中にオランダのズットフェンで戦死、一五八七年二月にセント・ポール大寺院で国葬級の葬儀が行なわれた。王族以外の人物にこの栄誉が与えられたのは、フィリップ・シドニーがイギリス史上初めてであった。次にこのような栄誉を得たのは二世紀以上も経た後、一八〇五年にトラファルガーの海戦でフランス・スペイン連合艦隊を破ったネルソン提督である。フィリップの死後、シドニー家を継いだのがメアリの父のロバート・シドニーであった。

フィリップ・シドニーの妹でロバート・シドニーの姉、つまりメアリ・ロウスの伯母にあたるメアリ・シドニー（Mary Sidney、一五六一―一六二一）は、第二代ペンブルック伯ヘンリー・ハーバートに嫁ぎ、ペンブルック伯爵夫人となった。彼女はイギリス・ルネサンス期の多くの文人を庇護し、自らも翻訳をした才媛である。フィリップの遺作『アーケイディア』の改訂・編纂を指揮し、一五九三年には『ペンブルック伯爵夫人のアーケイディア』というタイトルを付して刊行している。メアリ・ロウスは教養豊かなこの伯母に可愛がられ、特に読書や詩作において大きな影響を受けた。彼女の名付け親もメアリ・シドニーであり、メアリという名もこの伯母の名をもらったと言われている。

イギリス・ルネサンス期に最高級の教養を有するシドニー家で育ったメアリは、やがて家を継ぐ弟たちとともに、幼少の頃からラテン語を始めとする高い教育を授けられ、音楽やダンス、詩やロマンスの創作を好む、まさにイギリス・ルネサンス文化の真髄を体現する女性となった〔図4〕。一六〇〇年にエリザベス女王がペンズハースト館を訪問した時には、御前でダンスを踊り、女王にほめられたという記録が残っている。(1)

図4　アーチ・リュートをもつメアリ・シドニー・ロウス（ペンズハースト館当主ドゥライル子爵所蔵）[By kind permission of Viscount De L'Isle from his private collection]

2

メアリ・ロウスは一六〇四年九月二十七日、十七歳頃にエセックス州の大地主の嫡男サー・ロバート・ロウス（一五七六（?）―一六一四）とペンズハースト館で結婚した。ロバートの父が一六〇六年に亡くなると、ロバートはエンフィールドのデュランス（Durance）という屋敷とエセックスのロートン・ホール（Loughton Hall）を相続した。

二人の結婚は、十七世紀初頭におけるイギリスの貴族の多くがそうであったように、親同士が両家の社会的ステイタス、財産、政治的立場を主な根拠に決めたものであった。伯母のメアリ・シドニーの場合、結婚にはエリザベス女王の寵臣で彼女の叔父にあたるレスター伯が間に入り、この結婚により彼女は当時最も名誉ある、そして富に恵まれた貴族夫人の一人となった。メアリ・ロウスの結婚も、相手は国王ジェイムズの寵臣の一人であったロバート・ロウスであったので、名誉と富をもたらすさまざまな可能性をもってはいた。しかし、二人の結婚生活が初めから順調に走り出したわけではないことは、いくつかの文献から察することができる。たとえば一六〇四年十月、二人の結婚後間もなくメアリの父ロバートは、婿のロバートから新妻のメアリが自分の思うようにならないとの不平を聞いた旨をペンズハースト館にいる妻に手紙で知らせている(2)。また、ペンズハースト館に招かれ、『ペンズハーストに寄せて』という美しい詩を書いた、シェイクスピアの友人でもある劇作家・詩人のベン・ジョンソンは、「レイディ・ロウス（メアリ・ロウス）は嫉妬深い夫と不当な結婚をした」とウィリアム・ドラモンド（William Drummond）に漏らしたといわれている。(3)しかし当のロバートは、一六一四年、死の一週間前に書いた遺書の中で「愛する誠実な妻」に感謝し、後に残されるメアリにきめ細かい心遣いをしている。(4)

エセックス州の地主の跡継ぎとして育ったロバートは、何よりも狩りを愛した。一方、メアリ・ロウスの文才と文学への情熱については、当時の多くの文人から高く評価されている。特にベン・ジョンソンとの関係は重要である。彼がペンズハースト館に招かれた折に、この館に寄せる美しい詩を書いたことは先に述べた。(5)一六〇五年に宮廷でアン王妃の主催で行なわれたジョンソン作『黒の仮面劇』には、メアリがアン王妃を囲む有力な貴族女性とともに出演し、彼女の優雅な踊りはイタリア大使アンティモ・ガリの絶賛を浴びている。(6)一六〇八年にはやはりアン王妃主催のジョンソンによる宮廷仮面劇『美の仮面劇』にも出演した。また、現存はしていないがジョンソンは代表作『錬金術師』（一六一二）をメアリ・ロウスに献呈している。さらにジョンソンは二つの詩作をメアリに向けて書いているばかりか、彼女の書いたソネットはジョンソンを「愛をよりよく理解し、より良き詩人にした」とまで述べている。(8)ベン・ジョンソン以外にも、ジョージ・チャップマン、サミュエル・ダニエル、ジョン・デイヴィス、ジョン・シルヴェスター、ジョージ・ウィザー、エドマンド・スペンサーなど、イギリス・ルネサンスの文学・文化の構築に大きく貢献した文人たちがメアリの文才を賞賛し、彼らの作品を献呈している。ロバートが生涯で献呈された書物といえば、狂犬に咬まれた時の対処法を論じたトマス・スパックマンによるパンフレットが唯一のものであった。[9] このことからも、二人が関わってきた文化には大きな隔たりがあったことが想像できる。

確実なことは、ロバート・ロウスと結婚した時、メアリにはすでに第三代ペンブルック伯ウィリアム・ハーバートという恋人がいたということである。ウィリアムは、伯母のメアリ・シドニー・ハーバートの長男で、ひと時代前のフィリップ・シドニーを想わせる典型的なルネサンス人であった。幼い頃からメアリとは仲がよく、ペンズハースト館を始終訪問していた。シェイクスピアの最初の戯曲全集である「第一・二つ折版」がウィリアム・ハーバートと弟のフィリップに献呈されていることはすでに述べた。また、シェイクスピアの『ソネット集』に登場する「若き美しい青年貴族」のモデルは、シェイクスピアのパトロンでもあったウィリアム・ハーバートであったと考える学者が多い。このモデルが誰であったかについてはいくつかの説があるが、『ソネット集』で詠われる「青年貴族」のイメージや年齢、この詩集で描かれる「詩人」の大体の年齢などから判断すると、「青年貴族」はウィリアム・ハーバート、「詩人」はウィリアム・シェイクスピアと一致する点が多いのだ。

ウィリアム・ハーバートは一六一五年には宮内大臣という宮廷の要職に就いている。メアリの夫ロバートが亡くなった後、彼女と従兄のウィリアムの関係はさらに親密になったようで、一六二四年の春頃に彼女はウィリアムとの間に双子の庶子、ウィリアムとキャサリンを産んでいる。

当時駐ハーグ大使で、のちにヴェニス大使を務めたダッドレイ・カールトンにイギリス国内の状況を手紙で知らせていたジョン・チェインバレンは、一六二四年八月七日付の手紙で以下のような宮廷の噂話を伝えている。

七年以上寡婦だったある貴婦人が最近、双子を出産したという噂が立っています。お名前を書くわけにはいきませんが、学問があり、著書を出版したことのあるお方だということです。(10)

メアリの強い要望にもかかわらず、ウィリアムは彼女の子供たちを認知することはなく、嫡男に恵まれなかった彼はペンブルック伯家の財産・土地をメアリが産んだ彼の庶子ではなく、ハーバート家の甥に譲っている。一方、メアリは夫の死後、遺された莫大な借金を抱えて窮乏生活を強いられながらも一六五〇年代の初めまで、清教徒内乱期の中を生きながらえた。メアリ・ロウスという女性は、エリザベス女王のもとで「軍事文化」が輝いたエリザベス朝、平和主義を唱えかつ絶対王政を主張するジェイムズ国王が治めるジェイムズ朝、そしてヨーロッパ大陸における「三十年戦争」の時代、さらに内乱期といった十六世紀末から十七世紀半ばの、激動のイギリス社会・文化の目撃者であったのだ。

メアリ・ロウスの存在意義は、イギリス史上初の本格的女性作家であったと考えられることにある。メアリ・シドニー・ハーバートの次男フィリップの妻でロウスの親友でもあったモンゴメリ伯爵夫人スーザン・ハーバートを書名に冠する『モンゴメリー伯爵夫人のユーレイニア』（*The*

Countess of Montgomery's Urania. 以下『ユーレイニア』。第一部と第二部の二部構成からなる）を一六二一年に刊行した。この作品はイギリス文学史上初の女性による散文ロマンスである。さらに、「パンフィリアからアンフィランサスへ」と題された、イギリス女性による初の「ソネット集」を書き、『第一部』の巻末に収録している。かつ『恋の勝利』（*Love's Victory*）というイギリス女性による初の牧歌喜劇を創作した。また、現在ワシントンのフォルジャー図書館に所蔵され、出版準備が進められている何篇かの自作の詩も残した。生まれも育ちもよく才気煥発で魅力的な女性であったメアリは、十六・十七世紀イギリスの家父長制社会の中で不当な苦しみを体験しつつも、自らの思想や信念をもって行動しつづけ、「主体」として生きた。彼女はジェンダー、人種、階層等に関する当時の社会通念の不合理性を見透かしてしまう知性をもった女性であった。そのような女性が十六世紀末から十七世紀前半のイギリス社会に生きるということはどういうことであるかを、彼女は自らの作品の中でしっかりと描いている。

3

エリザベス朝の「軍事文化」から、平和主義に傾くジェイムズ朝文化への移行がもたらしたさまざまな問題を、メアリ・ロウスと同時代に、社会的身分の違いはあっても、目撃し、作品に描いた男性作家がいた。ウィリアム・シェイクスピアである。一六〇四年十一月一日、『オセロー』がホワイトホール宮殿で上演された時、当時アン王妃の側近の一人であったメアリ・ロウスは観劇したであろう。また、すでに述べたが、彼女は宮廷における仮面劇に出演し、自らも牧歌劇を書くほどの演劇好きだった。シェイクスピアの『お気に召すまま』はペンブルック家の館であるウィルトシャー州のウィルトン・ハウスで一六〇三年十二月に上演されたともいわれている[11]。この上演を可能にしたのは、ウィルトン・ハウスに多くの文人を招き、「もう一つの宮廷」と呼ばれるほど華麗なサロンを開いていたペンブルック伯爵夫人、つまりメアリ・ロウスの伯母メアリ・シドニーであった〔図5〕。彼女は一五九九年頃すでにグローブ座で上演されていた『お気に召すまま』の書き直しを、前から彼女のお気に入りの作家であったシェイクスピアに命じたともいわれている。メアリ・シドニーの母方の従兄でエリザベス女王の寵臣、武人・冒険家のサー・ウォルター・ローリーの処刑をジェイムズ国王に思いとどまらせるためだった。疫病を逃れるために宮廷が当時ソールズベリーに移されていた機会をとらえて、国王を説得することを考えたらしい[12]。エリザベス一世の寵臣であったサー・ウォルター・ローリーは、スペイン打倒を強く主張していたこともあり、ジェイムズが王位に就くや国王暗殺を計画したという嫌疑をかけられ、ウィンチェスターに投獄されており、一六〇三年十二月には処刑されることになっていた。『お気に召すまま』の中心には、二人の公爵と二人の貴族の兄弟の争いが設定されており、美しい自然に囲まれた牧歌的なウィルトン・ハウス周辺の冬や、ハーバート家・シドニー家と国王ジェイムズおよび彼の寵臣たちの関係を想起させる箇所が数々ある。サー・ウォルター・ローリーはこの時は処刑を逃れ、ロンドン塔幽閉の身となったが、結局一六一八年に処刑された[13]。もしこの一

図5　メアリ・シドニー第二代ペンブルック伯爵夫人（ペンズハースト館当主ドゥライル子爵所蔵）
[By kind permission of Viscount De L'Isle from his private collection]

時的な処刑撤回に、メアリ・シドニーが企画したシェイクスピアによる『お気に召すまま』の書き直しの上演が関係しているのだとすると、いくつかの興味深い点がみえてくる。まず、エリザベス一世のような特別な地位にいる女性は別として、十七世紀初頭の政治に女性は関われなかったというこれまでの通説は、考え直されなくてはならない(14)。

『お気に召すまま』という戯曲は、「第一・二つ折版」が唯一の現存する版である。この戯曲はグローブ座で上演はされたが、『ロミオとジュリエット』や『ハムレット』のように単行本としては出版されていなかった。ということは、現在われわれの手に入る『お気に召すまま』の版は、メアリ・シドニー・ハーバートに依頼されたシェイクスピアがウィルトン・ハウスでの上演用に書き直した版である可能性が出てくるのだ(15)。メアリ・シドニーは姪のメアリ・ロウスと異なり、「宗教書」および男性の書いたものの翻訳や、兄フィリップの遺作の改訂などにとどまり、当時の社会が女性に許容した「領域」以外の創作に関わることはなかった、とこれまでは考えられてきた。しかし、先に述べたことが事実だとすると、メアリ・ロウスとやり方は異なるが、政治的にも文化的にも後世に大きな足跡を残したことになる。メアリ・シドニーはシェイクスピアを'The Man Shakespeare' と呼ぶほどに高く評価していたという説もある(16)。だとすると、長男のウィリアム・ハーバートに跡継ぎをつくるために、結婚を勧める『ソネット集』をメアリ・シドニーがシェイクスピアに依頼したとしても不思議ではない。一六〇三年十二月のウィルトン・ハウスでの『お気に召すまま』の上演を、メアリ・ロウスが観ていた可能性は高い。ロウスの『ユーレイニア』や『恋の勝利』には、『お気に召すまま』を想起させるエピソードが多く描かれている。[17] 恋人のウィリアム・ハーバートを通じて、また彼女の敬愛する伯母のペンブルック伯夫人を通して、メアリ・ロウスはウィリアム・シェイクスピアと面識があったと考えられる。このように、恋人と伯母が高く評価するシェイクスピアの作品は、ロウスにとって極めて身近な存在であった。

4

ルネサンス期のイギリスでは、劇中の女役はすべて声変わり前の少年が演じた。ジュリエット、ポーシャ、ロザリンド、ヴァイオラ等、現代に至るまで四世紀以上もの間、観客を魅了してきたシェイクスピア劇の女たちは、当時はすべて男性によって演じられたのだ。その意味では、シェイクスピア作品には女性が「不在」であったといえる。シェイクスピア劇に女性観客がどのような反応を示したかについては、十八世紀以降になると多くの興味深い記録があるが、[18] シェイクスピアの同時代の女性の反応についての記録はほとんど残っていない。しかし、メアリ・ロウスによるシェイクスピア劇の書き換えは、劇世界に対する女性の見解の可能性を提供し、女性観客の反応を示唆してくれる。アメリカのフェミニスト＝シェイクスピア学者のキャロル・トマス・ニーリーが、イギリス・ルネサンス期の女性の観点からシェイクスピアを始めとするイギリス・ルネサンス期の劇作家の作品を読み直すことで、この時代の文化を考え直す必要性を提起して、すでに十年以上が過ぎた。(19) ニーリーの主張が正しいことは多くの学者が認めていても、肝腎な当時の女性の見解を示す記録があまりにも少ないので、ニーリーの主張を生かした研究をすることはかなりむずかしいことであった。しかし、メアリ・ロウス作の『ユーレイニア』の中のエピソードと、牧歌喜劇『恋の勝利』には、シェイクスピアの多くの劇作品の書き換えが入れられている。『ユーレイニア』は散文ロマンスではあるが、ナレーターによる語りは時々入るものの、ほとんどのエピソードが登場人物の会話で進められるので、劇と「ロマンス」というジャンルの違いは支障とならない。シェイクスピア劇の書き換えを試みたとみられるロウスの諸作品から、シェイクスピア劇を見直してみることは、ニーリーがかつて論じたように、イギリス・ルネサンスという豊かな文化を見直すことにつながる。

すでに述べたように、ロウスはイギリス人女性としては初めて「ソネット集」を書き、「パンフィリアからアンフィランサスへ」というタイトルで『ユーレイニア第一部』の巻末に収録している。この中には『ユーレイニア』で使われているものもあれば、新しい詩もある。このほかに、アメリカのフォルジャー図書館には、『ユーレイニア』を執筆する以前に書かれたと推測されるソネットが収蔵されている。ロウスの伯父サー・フィリップ・シドニーによる『アストロフェルとステラ』というソネット集は、当時の多くの文人に影響を与えたが、彼女の父のロバート・シドニーも詩を書いており、(20) 父親の詩も『ユーレイニア』の中で用いられている。また、ロウスは一六〇九年に刊行されたシェイクスピアの『ソネット集』を意識していたことがうかがえる。シェイクスピアがソネット一一六番で用いた「愛は実は愛ではない」という表現を、ウィリアム・ハーバートも使っている。[21] 一方、ロウスは『ユーレイニア』の中で同じ表現を、ベラミーラが創作した詩の中で用いている（『ユーレイニア第一部』三九〇頁）。[22] ソネット詩とは、イタリアの十四世紀の詩人ペトラルカによって導入された詩の形態で、本来は男性が恋する女性に向けて詠った十四行詩である。ところがロウスは、彼女の「ソネット集」には「パンフィリアからアンフィランサスへ」というタイトルをつけ、自分の恋する男性への女性の想いを詠い、ジェンダーを逆転している。ここでもメアリ・ロウスが当時のソネット詩で表わされるジェンダー観に疑問を投げかけていることがわかる。先に引用した「愛は実は愛ではない」という表現についても、シェイクスピアやハーバートが男性の想いを表現するのに用いているのに対し、ロウスはベラミーラという女性の想いを表わすのに使っている。したがって、シェイクスピアの『ソネット集』とロウスの「パンフィリアからアンフィランサスへ」を比べることは重要であるが、本書では残念ながら紙面の関係で、シェイクスピアとロウスによる「ソネット集」の比較は割愛せざるを得なかった。

「貞節・寡黙・従順」が理想の女性像として掲げられていたイギリス・ルネサンス社会で、メアリ・ロウスはこれらすべての規範から逸脱した勇気ある女性である。特に彼女のような社会的地位の高い女性が、男性作品の翻訳ではなく自分の創作を刊行することは、当時の常識を著しく無視する行為であった。ましてや、たとえさまざまな方法で焦点をぼやかしているとしても、社会のイデオロギーに対して見解を述べ反旗を翻す女性を、人々は容認しなかった。したがって、社会や文化のあり方に自らの考えを表現するためには、男性作家の作品を書き換えることは巧妙な手法であったといえる。しかも人気作家であったシェイクスピアの作品、特に宮廷で上演されることが多く、宮廷人がよく知っていた作品を書き換えたエピソードを自作にとり入れたことは、当時の社会に女性がメッセージを発信するための貴重な手段だったであろう[23]。

本書は全六章からなり、メアリ・ロウスが執筆を始めた時、すでに劇作家として確固たる地位を築いていたウィリアム・シェイクスピアの劇作品を、彼女がどのように書き換えているかを検討する。メアリ・ロウスというイギリス初の本格的な女性作家が、イギリス・ルネサンス期の男性中心の社会・文化に対しどのような疑問を投げかけ、それらをどのように見ていたか、また実際に彼女はどのような行動をとったかを考察する。シェイクスピアと同時代に「主体性」をもった女性作家の誕生を迎えたということは、どのような文化的・歴史的な意味があったのであろうか。本書は、私たちが生きる二十一世紀の視座を意識しながら、さまざまな視点からロウスが提示した問題点に照明を当てる試みである。

注

（1） Josephine A. Roberts ed., *The Poems: Lady Mary Wroth* (Baton Rouge: Louisiana State University Press, 1983), p.9.

（2） *Domestic Politics and Family Absence: The Correspondence* （*1588–1621*） *of Robert Sidney, First Earl of Leicester, and Barbara Gamage Sidney, Countess of Leicester*, eds. Margaret Hannay, Noel J. Kinnamon and Michael G. Brennan （Aldershot: Ashgate 2005）, p.123.

（3） *Ben Jonson*, eds. C. H. Herford, Percy and Evelyn Simpson （Oxford: Clarendon Press, 1965）, 11 vols, Vol.I, p.142.

（4） Margaret P. Hannay, *Mary Sidney, Lady Wroth* （Farnham: Ashgate, 2010）, pp. 171–72.

（5） 'To Penshurst', *The Forest* ii., in *Ben Jonson*, eds. Herford and Simpson, Vol.VIII, pp. 93–96.

（6） Roberts ed., *The Poems*, p.13.

（7） *Ben Jonson*, eds. Herford and Simpson, Vol.I, p.143. 『ユーレイニア第二部』には、このことへの言及と思われる箇所がある（一〇五頁）。

（8） *The Under-wood*, xxviii, l.4, in *Ben Jonson*, eds. Herford and Simpson, Vol.VIII, p.182. ジョンソンとロウスの創作の関係については、Michael G. Brennan, 'Creating female authorship in the early seventeenth century: Ben Jonson and Lady Mary Wroth', in *Women's Writing and the Circulation of Ideas: Manuscript Publication in England, 1550–1800*, eds. George L. Justice and Nathan Tinker （Cambridge: Cambridge University Press, 2002）, pp. 73–93を参照。

（9） Thomas Spackman, *A Declaration of Such Grevious Accidents as commonly Follow the Biting of Mad Dogges, together with the Cure Therof* （London, 1613）.

（10）*The Letters of John Chamberlain*, ed. with an introduction by Norman Egbert McClure（Philadelphia: The American Philosophical Society, 1939）, Vol.II, p.575.

（11）Adam Nicolson, *Earls of Paradise: England & the Dream of Perfection*（London: Harper Press, 2008）, pp. 139-53.

（12）Nicolson, pp. 141-153.

（13）ウォルター・ローリーの処刑については櫻井正一郎著『最後のウォルター・ローリー』（みすず書房、二〇〇八年）を参照。

（14）当時の女性と政治の関係についての新たな研究方法については、Susan Wiseman, *Conspiracy & Virtue: Women Writing, and Politics in Seventeenth-Century England*（Oxford: Oxford University Press, 2006）を参照。

（15）Nicolson, pp. 144-45.

（16）Nicolson, pp. 140-41.

（17）たとえば『ユーレイニア第一部』には、『お気に召すまま』の三幕二場でオーランドがするように、パンフィリアが恋の詩を森の木の幹に彫る場が描かれている（九二一―九三頁）。ただし、『ユーレイニア第一部』で木の幹に詩を彫るのは、男性ではなく女性の登場人物である。

（18）たとえば Ann Thompson and Sasha Roberts eds., *Women Reading Shakespeare 1660-1700*（Manchester: Manchester University Press, 1997）; Marianne Novy ed., *Women's Re-Visions of Shakespeare:*

On the Response of Dickinson, Woolf, Rich, H. D., George Eliot, and Others (Urbana and Chicago: University of Illinois Press, 1990), pp. 1-15を参照。

(19) Carol Thomas Neely, 'Constructing the Subject: Feminist Practice and the New Renaissance Discourses,' in *English Literary Renaissance* 18 (1988), pp. 5-18.

(20) Robert Sidney, *The Poems of Robert Sidney*, ed. with an introduction and commentary by P. J. Croft (Oxford: Clarendon Press,1984).

(21) *William Herbert, Poems, Written by the Right Honorable William Earl of Pembroke*, ed. John Donne (London, 1660), P.3.

(22) 同じ表現が『第二部』、ロドマンドロの演じる仮面劇の中のキューピッドの歌の中でも使われている(四八頁)。

(23) ロウスは女役を演じた当時の少年俳優の演技についても、『ユーレイニア』の二箇所(『第一部』七三頁、『第二部』一六〇頁)で言及している。どちらの場合も、少年が大げさに「女性性」を演じる様子を嘲笑的に描いている。この点については、Michael Shapiro, 'Lady Mary Wroth Describes a "Boy Actress", in *Medieval and Renaissance Drama in England*, ed. J. Leeds Barroll (New York: AMS, 1987), pp. 187-94; *Gender in Play on the Shakespearean Stage: Boy Heroines and Female Pages* (Ann Arbor: University of Michigan Press, 1994), pp. 43-45をも参照。

1 恋する女性と創作――心変わり・結婚・ジェンダー

1

メアリ・ロウスによる『ユーレイニア第一部』の中で、恋人のアンフィランサスの「心変わり」を知った時のやるせない想いをヒロインのパンフィリアが、アンフィランサスや他の人々が大広間を去った後、自分自身につぶやく場面がある。

私が愛の神の名前を汚したことがあったかしら。愛の神の権威や力をばかにしたことがあったというの？　そのようなことをしていたならば、罰せられても仕方がないけれど……。愛によってこんなにひどく苦しめられなければならないなんて、私が何をしたというのかしら？　私の想いは激しくても、いつも愛に忠実だったではないの。（『ユーレイニア第一部』六二頁）

悲しみで心の重いパンフィリアは自分の部屋に戻りベッドに行くが、休みたいと思ったからではなく、悲しみを自由に表現したかったからだった、と説明されている。

パンフィリアが窓のところに行くと、ほとんど満月といってもよい丸い月が、途切れ途切れの黒い雲に囲まれて、燦然と輝いている。パンフィリアは窓から見える月に向かって、「貞節」のシンボルである月の女神に自分の悲しみを訴えるが、その後、次のような行動をとる。

パンフィリアはベッドに戻り、たくさんの紙が入っている小さなキャビネット（手箱）を持ってきた。灯をつけ、それらを読みはじめたが、気に入ったものがほとんどなかったので、「書く」のが得意なパンフィリアはペンと紙を手にし、以下の詩を書いた。……

（『ユーレイニア第一部』六二頁）

『ユーレイニア』の中心人物パンフィリアは、従兄のナポリ国王アンフィランサスを最も強く勇敢な男性とみなし、熱愛している。彼も、美しく聡明なパンフィリア王国女王のパンフィリアを愛してはいるものの、「二人を愛する人」（『ユーレイニア第一部』三〇〇頁）という彼の名を体現するかのように、常にパンフィリア以外の女性をも愛している。引用した箇所は、旅から戻るアンフィランサスの帰りを待ち焦がれていたパンフィリアが、アンフィランサスに再会できたものの、彼はアンティシアという年若い美しい女性を連れていた。アンフィランサスはアンティシアをパンフィリアに紹介し、その後でパンフィリアにアンティシアの美貌を賞賛するのである。それを聞いたパンフィリアは、当時の女性としてはめずらしく反論する。

私は、アンティシアはあなたがおっしゃるほど美しいとは思いません。あの程度の美貌でしたら他の女性にもあります。確かに彼女の顔の色は本当に白いけれど、あのように極端に白い顔の色は私はあまり好きではありません。優しい愛らしさが混じった顔の白さのほうが私は好きです。

（『ユーレイニア第一部』六一頁）

パンフィリアの言葉を聞いたアンフィランサスは、彼女がアンティシアに嫉妬を抱いていると言って、ますますアンティシアの魅力を賞賛しはじめる。アンティシアを羨むような「女っぽい気質」をパンフィリアにこれまで見たことがない、それでも（パンフィリアを除いて）アンティシアほど美しい女性を見たことがない、と彼は言い張る。そこに、アンティシア本人が他の人たちと一緒にやってきたので、パンフィリアとアンフィランサスのアンティシアの美貌についての議論は中断される。

アンフィランサスは『ユーレイニア第一部』『ユーレイニア第二部』を通して、「完璧な」男性と賞賛されているものの、先の引用が示すように、実は皮肉にも、彼はパンフィリアの繊細な感情が理解できない男性としても表象されている。アンフィランサスが相手の感情のひだを理解できない女性は、パンフィリアだけではない。このエピソードに登場するアンティシアは、不幸な過去をもつルーマニア王女だが、アンフィランサスに救助された後、彼が愛しているのは自分だけと思って、彼についてパンフィリアの父のモーリア国王の宮廷にやってきた。ここでアンティシアは、アンフィランサスにはパンフィリアという恋人がすでにいることがわかる。若いアンティシアは自分の激しい感情を抑えることができず、次第に正気を失っていく。『ユーレイニア第二部』の初めの部分で、『ハムレット』の中の狂気のオフィーリアのように、意味をなさない言葉を話し淫らな歌を口ずさむ狂気のアンティシアを、彼女の夫ドロリンダスが介護している心痛む場面が描かれている（四九―五二頁）。正気をなくしたアンティシアはオフィーリアとは異なり、うっ積した情念を詩に書くので、ドロリンダスは彼女の狂気を「詩的な激情」（'Your poeticall furies'）と呼んでいる。一方、アンフィランサスは自らの無責任な行為がアンティシアという多感な若い女性の心にどのような影響を与えたか、また恋人のパンフィリアをどんなに傷つけたかを理解せず、この後も同じような行為を繰り返し、パンフィリアや他の女性を深く悲しませる。ロウスはアンフィランサスを理想の男性として描きながらも、彼の無神経さに傷つく女性の想いをきめ細かく表わしていくので、読者は当時の家父長制社会の男性が想定する「女性性」と、その価値観を実際に女性がどのように受けとめていたかの乖離に気づかざるを得ない。

初めに引用した箇所で、パンフィリアが「手箱」から出してきた紙に書かれていたものが、彼女の自作のものなのか、あるいは他の人の作なのかはわからない。イギリス・ルネサンス期の最も優れた詩人の一人といわれたフィリップ・シドニーのほかにも、シドニー家やハーバート家には詩や散文ロマンスを書く人が多く、互いに創作した作品を交換していた。(1) 自作のものであろうと他の人の作品であろうと、パンフィリアは彼女が「手箱」から出して読んだものは、彼女の

「自己」が表象されていないと考え、新たな詩を書くのである。

このように、女性自身の「自己認識」が周りの人の思惑と乖離したり、あるいは別の時点での「自己」表象と乖離したりし、その「くい違い」を女性が認識する。そしてその認識が女性を創作へと導き、思考し行動する女性の「主体」の構築に結びつけられているところが『ユーレイニア』の特徴の一つである。『ユーレイニア』では、この「乖離」を体験して詩を書く女性がパンフィリアのほかにも多く登場する。

2

恋する女性が男性中心の価値観に違和感を持ち、やがてそれが「悲しみ」へと発展していく『ユーレイニア』における女性の表象は、イギリス・ルネサンス期において「恋する女性」が社会の中でどんな役割を演じなくてはならないかを示している。メアリ・ロウスによる「恋する女性」の表象では、シェイクスピアの名作『十二夜』の女性登場人物が意識されていると考えられる。

『十二夜』が一六〇二年二月二日に、法学院の一つであるミドル・テンプルの大広間で上演された時、ジョン・マニンガムという学生が観て日記に記している。この日記が『十二夜』の観劇記録としては最も古いものである。メランコリックで優雅な雰囲気の『十二夜』の初演についてはいくつかの説がある。

一六〇一年一月六日、ブラチアーノ公ドン・ヴィアジーニオ・オーシーノがエリザベス女王の宮廷を訪れた折に、公爵をもてなすためにシェイクスピアが依頼されて『十二夜』を書きあげたという説を、一九五四年にレズリー・ホットソンというシェイクスピア研究者が当時の資料を詳細に調べあげて打ちたてた。(2) 一方で、『十二夜』に登場するイタリア人オーシーノ公爵は、シェイクスピアが史実のオーシーノ公爵の名前を使ったにすぎないという説もある。「十二夜」とは、クリスマスから十二日目にあたる一月六日、「顕現日」(エピファニー)の夜のことである。この日はクリスマスのお祝いの最後の日で、この後「レント」(四旬節)に入り、人々は復活祭まで厳しい冬の寒さのなか、謹慎の日々を過ごさなくてはならない。「十二夜」の祝祭には、シェイクスピアが『十二夜』の中で描いたように、羽目をはずして大騒ぎを楽しむ人間のヴァイタリティと、祭りが「終わり」を迎える時のメランコリックな想いの両方がつきまとう。当時、何かと話題になることが多かったこの作品の存在を、メアリは知っていたであろう。

シェイクスピアとメアリ・ロウスは同じ二つの材源を用いて、それぞれ『十二夜』と『ユーレイニア』を書いている。その一つはバーナビィ・リッチによる『軍役よさらば』(一五八一)、もう一つはホルヘ・デ・モンテマヨール作の牧歌ロマンス『魅せられたディアナ』(バーソロミュー・ヤングによる英訳、一五九八年)である。シェイクスピアは『十二夜』の主筋にリッチとモンテマヨールの作品中のエピソードを使っているが、ロウスの場合は主に『ユーレイニア第一部』でこれらの作品を用いている。モンテマヨールの『魅せられたディアナ』は当時、特に人気のあったロマンスで、シェイクスピアは『ヴェローナの二紳士』の主筋でも用いている。二つの共通な材源を用いてはいるものの、『ユーレイニア』が出版されたのは『十二夜』が創作されてから約二十年経てからである。この二十年の間に、社会におけるロマンスの位置づけも大きく変わった。ロマンスは、イギリスではメアリの伯父のサー・フィリップ・シドニーによる『アーケイディア』に代表されるように、羊飼いたちを主な登場人物にした牧歌的な状況と、王侯貴族の冒険物語が中心をなすが、その中に恋愛のエピソードが織り込まれ、魔術や神託などの超自然的な要素も入れられ、通常はところどころに詩も挿入される。シドニーの『アーケイディア』は、羊飼いたちの生活を隠れ蓑にして、実は当時イギリスを騒がせていたエリザベス女王の結婚話に反対したり、宮廷の政治状況を批判したりする政治色の強い「政治ロマンス」であった。が、やがてロマンスの人気が社会に浸透してくると、政治的な要素は次第に影をひそめていく。マーガレット・タイラー訳による『騎士道の鑑』（一五七九〔?-〕）やロバート・グリーン作のロマンスのように、冒険物語や恋愛物語がプロットの中心となり、それに伴って知識人男性の間のロマンス熱は冷めていく。この時期にロマンスに夢中になっていたのは女性読者である。男性読者は女性の間のロマンスの流行を、むしろ嘲笑的な態度で受けとめている。トマス・オヴァーベリーの『人物像』という本には、「寝室担当の侍女」という項があるが、その中で書かれているこの女性の特徴とは、ロマンスを読むのに夢中であるということである。

グリーンの作品を繰り返し読んだり、『騎士道の鑑』に夢中になりすぎて、時々自分の身分を忘れ、遍歴する貴婦人になる決意をしたりする。(3)

しかし、ヨーロッパの政治状況が悪化してくるのに伴い、また「政治ロマンス」が復興してくる。本書で明らかにするように、『ユーレイニア』の刊行もその一環とみなすことができる。では、ロマンティック・コメディの『十二夜』と、「政治ロマンス」の一つである『ユーレイニア』では、女性の「悲しみ」の表象にはどのような違いがあるのだろうか。

3

二作品がともに材源としたバーナビィ・リッチとモンテマヨールの作品には、共通の特徴がある。それは、ナレーターが読者は女性であることを想定して読者に呼びかけたり、男性作家の作品では通常は軽んじられたり嘲笑されたりしていた女性の感情や情熱に、一種の威厳を与えたりしていることである。彼らの作品では恋する女性が男装をして、愛する男性を異国まで追いかけるというモティーフがしばしば用いられている。異性装は聖書の「申命記」において禁止されており、(4) 社会通念では女性が男装をして恋人を追いかけるのは、女性の精神的な「弱さ」を表わす行為とみなされていた。しかし、実際にはシェイクスピアの時代に、男装をして自らの想いを成し遂げようとする女性が、貴族階級にも紳士階級にもかなり多くいた。女性の男装は社会規範に収まらない女性の感情、特にセクシュアリティの存在を示唆するもので、男性読者にとっては単なる女性の「弱さ」の表われと見えても、女性読者にとっては重要な自己実現の手段だったのである。

リッチとモンテマヨールの作品では、女性が「悲しみ」や戸惑いに襲われる時、あるいは自分の感情を行動に移そうとする時、ナレーターが読者の共感を招くための描写をする。つまり、女性の感情や情熱を無視したり嘲笑したりする当時の社会通念とは異なり、それらにむしろ肯定的な視点を与えているのである。たとえば、『十二夜』の中心人物のヴァイオラは嵐で難破し、双子の兄と別れ別れになり、イリリアの海岸にたどり着く。この地に知り合いが誰もいない彼女は、兄の服装を真似て男装をし、名前をシザーリオに変え、当地を治めるオーシーノ公爵の宮廷で小姓として仕えることにする。オーシーノ公爵は伯爵家の女主人であるオリヴィアにかねてから求愛しているが、オリヴィアのほうは兄の喪に服していることを口実に、頑として彼を近づけない。小姓とはいえ乙女の初々しさと教養の高さを感じさせるシザーリオは、たちまちオーシーノに気に入られ、彼の恋文を届ける役を与えられて、オリヴィアに会いに行く。一方、男装をしてシザーリオと名乗るヴァイオラは、密かにオーシーノに恋心を抱いている。したがって、男装のヴァイオラはオリヴィアという自らの恋敵に対面することになるのである。ところがオリヴィアは、オーシーノの男性としてのすばらしさは認めても、求愛者としての彼を拒絶し、まだ成人男性となっていない小姓のシザーリオにすっかり夢中になってしまう。

『十二夜』で描かれる不条理で滑稽な人間性は、ドタバタのアクションが繰り返される副筋とともに、哀愁と美しさを伴いながら大団円に向かう。『十二夜』は多くの学者が認めるように、シェイクスピアが生み出した数々の名作のうちでも最高傑作の一つといえよう。とはいえ、オリヴィアのシザーリオへの情熱的な態度と、シザーリオ役を演じながら自分自身も恋する女であるヴァイオラは笑いの対象であり、観客の同情を誘うようには描かれていない。

このエピソードはバーナビィ・リッチの『軍役よさらば』の中の「アポロニウスとシラ」という物語と、モンテマヨールのロマンス『魅せられたディアナ』の中のドン・フェリックスとフェリスミーナのエピソードを基盤に、シェイクスピアが書き直したものである。注目すべきは、オリヴィアにあたる人物はこれらのロマンスでは喜劇的なあるいは諷刺的な描き方をされていないということである。リッチの「アポロニウスとシラ」の中で、オリヴィアに相当するジュリーナは、ヴァイオラに相当するシラが男装しているシルヴィオを熱烈に愛してしまう。『十二夜』におけるように、本物のシルヴィオが離れ離れになった妹シラをコンスタンティノープルに探しに来て、ジュリーナと出会う。ジュリーナはシルヴィオを夕食に招き、そのうえ一夜を共にする。シルヴィオは事の成り行きに戸惑いながらも、複雑な状況に巻き込まれるのを避けて、翌日にはコンスタンティノープルを去ってしまう。その後、妊娠していることを知ったジュリーナは、シルヴィオになりすましているシラに、生まれてくる子供を認知し責任をとるように迫る。シラが自分の真の性は女性であるとジュリーナに明らかにすると、子供の父親が誰なのかわからなくなってしまったジュリーナは屈辱感で半狂乱に陥る。筋だけ概観すると、ジュリーナの悲しみは、シェイクスピアが『十二夜』で発展させたような喜劇的な面は確かにあるのだが、リッチはジュリーナの激しい恋愛感情に同情的な態度を示している。社会通念では抑えるべきとされていた女性の情念や感情を、人間性の一部として認め、むしろ肯定的な視点を与えていることが、リッチの作品が当時の女性読者に人気のあった理由の一つといえよう。ただし、リッチは物語の最後でジュリーナを例にとり、このような破廉恥な行動をとらないように女性読者を戒めており(5)、女性の感情的な思い切った行為を完全に認めているわけではない。

一方、『十二夜』のオリヴィアに関わるエピソードのもう一つの材源であるモンテマヨール作『魅せられたディアナ』では、女性の真剣な感情を無視しようとする男性の問題点がより明白に描かれている。オリヴィアに相当するシリアは、ヴァイオラ／シザーリオにあたるヴァレリウスに近づき、自分の激しい愛を直接訴えるが、男装をしているが女性であるヴァレリウスに拒絶される。シリアはシザーリオに愛を拒絶された時のオリヴィアのように、「ひどい裏切り者」とか「私の平安を乱す残酷な敵」といった激しい言葉を浴びせるが、その後、シェイクスピアの喜劇とは全く異なった結末を迎える。シリアはヴァレリウスに二度と自分の家に来ないように告げて、自分の部屋に消えるが、翌日、ヴァレリウスに男装をしていたフェリスミーナは、シリアが前夜、傷心が原因で亡くなったことを知り、深い悲しみに陥る(6)。モンテマヨールが描くこれら二人の女性の感情はあまりに激しく、また真剣なので、読者の同情を誘い、喜劇的な要素が入る余地はない。

それに対し、『十二夜』におけるオリヴィアは、彼女の的外れな情熱の喜劇的な面が追求された後、ヴァイオラの兄のセバスチャンと遭遇し結婚する。この喜劇からメランコリックな雰囲気は最後まで消えることはないものの、サー・トビー、マライア、マルヴォリオに関わるサブ・プロットの喜劇とも呼応し、オリヴィアの激しい情念はハッピー・エンドで終わる。

ところが、シェイクスピアの『十二夜』の中では、リッチやモンテマヨールに見られない重要な問題が打ち出されている。女優が存在しなかった当時、女役は声変わり前の少年が演じていたので、ヴァイオラ、オリヴィアといった「恋する女」たちは男性が演じていた。シェイクスピアは、男性が同性に対して感じる魅力を、『十二夜』の中で微妙な筆致で描いている。オーシーノはシザーリオを、オリヴィアに自分の恋文を届けるメッセンジャー役として可愛がってはいるものの、シザーリオの「女性的なところ」('a woman's part'、一幕四場、三四行)に惹かれているのは明らかである。また、オリヴィアがシザーリオに一目惚れするのは、シザーリオがオーシーノのもつ威圧的な成熟した大人の「男性性」ではなく、まだ性の曖昧な初々しい若さをもっているからである。オリヴィアを演じているのは実は男性俳優であるから、ここでも同性同士の恋愛感情がちらつく。もちろん、リッチもモンテマヨールも男装した女性のジェンダーの曖昧性には言及しているものの、シェイクスピアが『十二夜』の中で描いているような、性の曖昧性が伴うジェンダーの複雑さまでは探究していない(7)。

4

メアリ・ロウスは『ユーレイニア』執筆にあたり、第三章で述べるように、当時人気のあった「旅行記」を参考にしているが、リッチとモンテマヨールの作品も重要な材源として使っている。同性間の微妙な恋愛感情を描いたものとしては、アンフィランサスの弟のレオニウスと、パンフィリアの親友でフィルジア王女のヴェラリンダのエピソードが挙げられる。熊に襲われかけたヴェラリンダをレオニウスが救ったのをきっかけに、彼はヴェラリンダに恋をする。ヴェラリンダは羊飼いの女性や森に住む女性たちとしか交際しないので、レオニウスは彼女に近づくために、レオニアという女性の名前を使って、ヴェラリンダを囲む女性たちの仲間に入る。女装をしたレオニウスの妖艶な美しさは、ヴェラリンダや周りの女性たちを魅了するが、当然ながらレオニウスが特に親しくなったのはヴェラリンダだった。ヴェラリンダが女性同士のあいさつの軽いキスをレオニアにしたところ、実は男性であるレオニアはヴェラリンダを強く抱きしめ、熱烈にキスをするので、相手は女性だと思っているヴェラリンダは当惑し、レオニアに不思議な魅力を感じる（『ユーレイニア第一部』四三二―三六頁）。このエピソードでは『十二夜』の場合とジェンダーが逆転し、女性の同性愛の可能性がほのめかされている。しかし、『十二夜』と同様に、レオニアは実はレオニウスという名前の男性であることをヴェラリンダに明かし、二人は幸せな結婚をすることで、このエピソードは決着する。

『十二夜』においては、ヴァイオラの兄のセバスチャンは、恋する女オリヴィアの情熱に接し、状況は把握できないものの、美しい、しかも富裕な伯爵家の女主人に恋されて、悪い気持ちになるどころか喜んでさえいる。

これに対し、リッチとモンテマヨールは、女性の真剣な感情に無責任に対応する男性の態度を批判的に描いている。ロウスはこのテーマを、『ユーレイニア第一部』のパンフィリアの兄のパーセリウスとアケイア王の娘ダリニアのエピソードで取り上げている。当時の社会通念が男性の無責任さを許容していたのに対し、ダリニアは妥協しないところがおもしろい。パーセリウスは「旅」の途中でダリニアと出会い、二人は恋人の関係となる。ところが、パーセリウスは突然ダリニアを残して去ってしまう。その後、ダリニアは妊娠していることがわかり、子供が生まれると、子供の父親探しを始める。結局、彼女が性的関係をもったのはモーリア国王の長男、パーセリウスであることがわかると、ダリニアは子供を連れてモーリア国王の宮廷に赴き、国王に事情を説明し、パーセリウスの無責任さを訴えるのだ。国王は、運よくモーリア宮廷に滞在していたパーセリウスを直ちに呼び、パーセリウスはダリニアと再会し、自分の子供と初対面する。パーセリウスは喜んでダリニアと子供を受け入れ、二人は正式に夫婦となり、子供も「庶子」とならずにすみ、一家はモーリア宮廷で幸福な結婚生活を始める。本書の第四章で「庶子」の問題について検討するが、当時の社会では、ダリニアのように子供ができても、相手の男性が子供の存在を認知しない例は、メアリ・ロウスの子供の場合も含めて、めずらしいことではなかった。二十一世紀の現代社会でも同じようなことが起きている。『ユーレイニア第一部』を書いた時点では、メアリはウィリアム・ハーバートとの間に「庶子」をまだ産んでいなかった。したがって、パーセリウスとダリニアのエピソードを通して、ロウスは自分のことというよりも、当時の女性が体験することの多かった、この問題の不条理性を指摘しているのである。

5

『十二夜』を始めとし、女性の男装を扱うシェイクスピア喜劇においては、恋愛関係のもつれは最後に結婚という形で問題が解消し、喜劇的な結末で終わる。それに対し、『ユーレイニア』では必ずしもそうではない。たとえば『ユーレイニア第一部』には、恋人に捨てられた女性が男装をして愛人を追いかけ、彼に小姓として仕えようとするが、結局絶望して命を落とすエピソードも入れられている。このエピソードには、『二人の貴公子』（一六一三—一四）や『ヘンリー八世』（一六一三）等をシェイクスピアと共作し、シェイクスピアの後に「国王一座」の座付作者となるジョン・フレッチャー（一五七九—一六二五）の影響が見られる。フレッチャーの身分はシェイクスピアと異なり、紳士階級の出身であったから、宮廷の貴族との交際はシェイクスピアの場合より多かったと思われる。フレッチャー作の『フィラスター』（一六〇九）には、本来は正統な王位継承者であるフィラスターにかなわぬ想いを抱き、男装をして小姓となり、フィラスターに恋する王女に仕え、最後まで報いられることのない哀れな女性ユーフレイジアが登場する。

男性の「心変わり」はシェイクスピア劇では、『ヴェローナの二紳士』（一五九〇―九一）におけるプローテュースのように、その理由は単に美しい女性に惹かれるという男の浮気心として表象されているだけであるが、『ユーレイニア』の場合は、男性・女性両者の感情が分析され、家父長制の価値観を生きる女性の心理が詳しく描かれている。

『ユーレイニア』では男性の「心変わり」の原因として、女性の「老い」がしばしば扱われる。このテーマは『十二夜』の中でも言及されている。報われないオリヴィアへの愛をオーシーノは小姓のシザーリオに嘆くが、シザーリオ役を演じているヴァイオラは自分のオーシーノへの愛を重ねて的確な反応をするので、オーシーノは感動し、シザーリオが結婚したい理想の女性の顔立ちや年頃について尋ねる。シザーリオ（実はヴァイオラ）は、オーシーノのような顔立ちでオーシーノの年齢の女性だと答える。ヴァイオラは自分の気持ちをこのような表現でオーシーノに伝えているのだが、シザーリオが実は女性だとは知らないオーシーノは無造作に、結婚相手には年下の女性を選ぶべきだと忠告する。なぜなら、「女というのは薔薇の花のようなもので、美しい花が咲くと同時にその美しさは衰えていく」（二幕四場、四〇―四一行）というのである。女性のヴァイオラは、オーシーノに自分の運命を言い当てられたように感じ、次のように答える。

本当に女とはそういうもの。悲しいながらそのようなもの。
満開になったその時に死んでいく。　　（二幕四場、四二―四三行）

『ユーレイニア』の中の多くの女性たちは、女性の「老い」が男性の「心変わり」を招くことを承知している。主人公のパンフィリアでさえ、『第一部』の最後で久しぶりの再会を果たしたアンフィランサスが、年月を経たにもかかわらずまだ自分を愛しているだろうかと心配になる。

こんなに皺の増えた私の顔に微笑みかけ、私の美しさが衰えてしまっても愛してくださるのだろうか。

（『ユーレイニア第一部』五六八頁）

メアリ・ロウス自身が投影されているとみなされる別の登場人物の一人であるベラミーラも、子供の頃から相思相愛だった恋人がいたが、父親により別の男性と結婚させられる。にもかかわらず彼女はこの男性を愛しつづける。ところが、夫が亡くなった後、この恋人は、今や「老い」たベラミーラを捨てて、別の女性のもとに去ってしまう。ベラミーラは次のように考えることで、自分の状況を受け入れる。

こんなに顔に皺が増え、美貌が衰えてしまっては、一体何を望めるというのでしょうか。

（『ユーレイニア第一部』三九〇頁）

ここで描かれるベラミーラと恋人の関係は、メアリ・ロウスとウィリアム・ハーバートの関係を想起させるが、ロウスは曖昧に描いている。本書の最初で述べた肖像画の中で、メアリ・ロウスがつける耳飾りのように、曖昧に描かれているのだ。しかし、ロウスはここで皮肉な状況を創りあげていることにも注目したい。ベラミーラが男性の「心変わり」が原因である自分の「悲しみ」を語る相手は、ウィリアム・ハーバートがモデルと考えられるアンフィランサスなのである。この後、ベラミーラの話に感動したアンフィランサスは、彼女に文才があることを見抜き、彼女の創作した詩を見せてほしいと所望する。

女性の「老い」については、シェイクスピアは晩年の作であるロマンス劇の一つ『冬物語』の中で、レオンティーズに、十六年前に亡くなったはずの王妃ハーマイオニーの彫像を見た時に口にさせている。この彫像は実は生きている本物のハーマイオニーで、侍女のポーライナが十六年間、王妃をかくまっていたという設定なのだが、彫像となってレオンティーズと再会するハーマイオニーは当然ながら年齢を重ねている。彫像を見たレオンティーズは、「ハーマイオニーにはこんなに皺がなかった」（五幕三場、三二行）と思わず口走る。しかし『冬物語』では、十六年という年月の重みをレオンティーズ自身も感じている。特に、理不尽な自らの嫉妬が原因で王妃と世継ぎの王子マミリアスを死に追いやってしまったことを深く後悔して過ごしてきたレオンティーズの「老い」は、舞台の上では明らかである。ハーマイオニーの皺は、生きている彼女と再会を果たすことのできたレオンティーズにとっては何の問題にもならず、レオンティーズとハーマイオニーは、再会した娘のパーディタと恋人のフロリゼルという若いカップルに次の時代を託する。『冬物語』はこのような美しい結末で終わるのである。

6

一方、メアリ・ロウスは、女性の「老い」と男性の「心変わり」にシェイクスピアとは別の視点を与えている。『ユーレイニア第一部』には、政治や恋の駆け引きに疲れたパンフィリアが、人目を避けて森の中で「ロマンス」を読むエピソードがある。そのロマンスの筋があまりにも自分の状況とよく似ているので、彼女は嫌気がさして本を投げ出す。「男性は何事においても女性を凌駕するので、「心変わり」においても女性にはるかに勝っている。その男は彼女を捨てて、別の女性のもとに去ってしまった」(『ユーレイニア第一部』三一七頁)と、ナレーターはパンフィリアの読んでいたロマンスの筋を説明する。すべての面で男性が女性に勝ることを想定する家父長制のイデオロギーを痛烈に皮肉っているのである。『十二夜』の二幕四場でオーシーノが、男性には女性のように同じ愛情をもちつづけることはできないと認めてはいるものの、シェイクスピアはメアリ・ロウスとは異なり、男性の「心変わり」を深く分析することはしない。

『ユーレイニア』のもう一つの特徴は、強制的に結婚をさせられた女性には、いつも恋人がいることである。その中には、すでに恋人がいたにもかかわらず父親が決めた結婚を受け入れざるを得なかった女性もいる。ロウス自身をモデルとしていると考えられるベラミーラもパンフィリアも、そのような女性である。結婚を拒絶する娘を監禁したり、父親の権威を使って強制的に結婚させたりする父親も登場する。レアンドラスが語るセファロニア島の恋人たちのエピソードがその一つである。若い恋人たちの結婚をめぐるこの悲話は、『ロミオとジュリエット』を想起させる（『ユーレイニア第一部』四一―四四頁）。しかし、シェイクスピアの悲劇と異なり、父親によって結婚を強いられるよりずっと以前から恋人がいるのは、ヒロインのほうである。『ロミオとジュリエット』では劇が始まった時点では、ロミオがロザラインという別の女性に恋している。『ユーレイニア』の中の二人は女性の結婚式の日に駆け落ちを試み、結局男性のほうが追っ手により殺される。女性は亡くなった男性の弔いをし、まもなく彼女自身も死んでいく。このエピソードの恋人たちは名前も語られていないが、ヒロインは恋のために自分の想いを貫いた行為に対し、恥じらいや後悔の気持ちは全く示さず、その一途さはどこかジュリエットを思わせる。

ベラミーラやパンフィリアの父親は、子供の頃から彼女たちが想いを寄せている男性がいることは承知しているが、社会的地位のふさわしい男性からの申し出であれば娘に結婚を勧め、娘のほうは父親の権威に抵抗できずに結婚を受け入れる。しかし、依然として恋人に対する想いは変わらず、ベラミーラにしてもパンフィリアにしても、結婚により「自己」に亀裂が生じた想いを経験する。ベラミーラはトレボリウスとの結婚式で生じた自己分裂を次のように説明している。

この後、結婚式が続いた。……私の愛する人とトレボリウスの間に立っているのはなんとつらかったことか。私自身を恋人からトレボリウスに渡さなければならなかったのだから。自分の想いに反して、私は身体をトレボリウスに、心は恋人に与えた。こうして、私は自分自身を不均等に分割してしまった。

（『ユーレイニア第一部』三八八頁）

結婚はしていても夫以外の男性を愛しつづける女性の多くは、その男性を愛しつづけてはいても、その男性と性的関係をもつことはない。ベラミーラや、第五章で扱うメラシンダ、また『ユーレイニア第二部』でアンフィランサスとは別の男性と結婚することになるパンフィリアは、いずれも夫以外の男性を愛しながら結婚生活を送る。つまり、妻としての立場と「自己」の間に亀裂が生じるのであるが、彼女たちは恋人を愛しつづける「自己」を大切に保ちつづけるのである。ルネサンス期のイギリスでは、「結婚」により夫は妻の身体も心も所有する「主人」になるというのが社会通念であったが、これらの女性たちは夫が所有できないし、また理解することもできない「自己」を保持するとして描かれているのである。夫たちの中には、妻が心に秘密をもっていて、それが別の男性に対する愛であることを察し、相手の男性の名を告げさせようとする者もいる。たとえばベラミーラの夫のトレボリウスもその一人である（『ユーレイニア第一部』三八八―八九頁）。リミーナの夫のフィラーガスの場合は、誰にも見られないように海辺にリミーナを連れていき、彼女を半裸にして鞭打ちの拷問にかけ、妻の心のうちを語らせようとする（『ユーレイニア第一部』八七―八八頁）。が、リミーナは自分が想いつづけている男性が存在することは明かしても、ペリサスという彼女の恋人の名前はけっして知らせない。嫉妬に駆り立てられたり、妻にひどい仕打ちをしたりしない唯一人の夫は、『第二部』でパンフィリアと結婚することになる黒人のロドマンドロである。ロドマンドロについては第三章で論じる。

夫が所有できない「主体」が妻にあるということは、当時の男性にとっては大きな脅威であった。妻が自分のコントロールの下にあるという実感こそが、「男性性」の構築に欠くことができない要素であったからだ。

シェイクスピアも、オセローや『冬物語』のレオンティーズのように、妻が自分以外の男性を愛していると疑う男性登場人物を描いているが、悲劇の場合も悲喜劇の場合もすべてが夫の誤解であったことが明らかにされている。しかし、メアリ・ロウスの描く女たちは、実際に夫以外の男性を心より愛しているのである。

夫に属する自らの「身体」から分離した「自己」を所有している女性を、メアリ・ロウスは描いているが、これらの女性の「主体」は、結局は愛する男性の存在を踏まえて築きあげられたものである。

しかし、メアリ・ロウスは独特のやり方で、愛する男性からも独立した女性の「自己」を『ユーレイニア』でも『恋の勝利』でも描いている。それは「コンスタンシー」(「誠実さ」)という考え方を通してである。その「誠実さ」が相手の男性ではなく、「主体」としての自分に対する「誠実さ」であることが、メアリ・ロウスの特徴である。

アンフィランサスはパンフィリアを愛してはいても、別の女性への「心変わり」を繰り返し、そのたびにパンフィリアは深い「悲しみ」に打ちひしがれる。そんな姿を何度も見ていた、彼女の親友でアンフィランサスの妹のユーレイニアが、パンフィリアの掲げる理想の「コンスタンシー」には限界があることを指摘する。アンフィランサスはパンフィリアが「コンスタンシー」を貫く相手には値しないと、はっきりパンフィリアに告げるのだ。それに対し、パンフィリアは次のように答える。

私はあの方のありのままを愛してきました。たとえあの方が私を愛してくださらなかったとしても愛していたでしょうし、あの方が私を軽蔑しても愛しつづけるでしょう。これが本当の愛なのです。
（『ユーレイニア第一部』四七〇頁）

パンフィリアは、自分の貫く「コンスタンシー」はアンフィランサスの態度に左右されることはないと言う。すなわち、パンフィリアの「コンスタンシー」には、実はアンフィランサスの「主体」は不在なのである。同様なことを、恋人に捨てられたベラミーラが、皮肉にもアンフィランサスに語る。恋人は彼女から離れてしまったが、その恋人を愛するのをやめることはできず、彼の自分に対する想いとは別に、彼を愛する自分自身に「コンスタンシー」を守っていく覚悟であると告げるのだ。

「コンスタンシー」という考えは、『ユーレイニア』全体を通して主張されている。その背景には、メアリ・ロウスが愛読していたイタリア・ルネサンスの詩人ペトラルカの作品の影響もあろう(8)。しかし、メアリ・ロウスは「コンスタンシー」を、女性が自ら思考し、行動を起こす根源をなす資質として描いている。その意味で、この言葉は二十一世紀の女性の「主体」構築の根源と共通している面が多く、重要な概念を表わしている。

本章は以下の口頭発表と刊行論文を基盤としている。

・'"Sorrow I'le Wed": Resolutions of Women's Sadness in *Twelfth Night* and Mary Wroth's *Urania*', The 30th International Conference at the Shakespeare Institute (University of Birmingham), August 2002.「招待発表」.

・'"Sorrow I'le Wed": Resolutions of Women's Sadness in *Twelfth Night* and Mary Wroth's *Urania*'. 東京女子大学『英米文学評論』第四九巻（二〇〇三年）、一―一四頁。

・'Female Selfhood and Male Violence in English Renaissance Drama: A View from Mary Wroth's *Urania*', in *Women, Violence, and English Renaissance Literature*, eds. Linda Woodbridge & Sharon Beehler (Tempe, Arizona: Arizona Center for Medieval and Renaissance Studies, 2003), pp. 125–48.

注

（1） Arthur F. Marotti, *Manuscript, Print, and The English Renaissance Lyric* (Ithaca: Cornell University Press, 1995), pp. 228–37, 316–17.

（2） Leslie Hotson, *The First Night of 'Twelfth Night'* (London: Macmillan, 1954).

（3）　Thomas Overbery (*attrib*), *New and Choice Characters of Several Authors* (London, 1615), sigs. g4v–g5r.

（4）「申命記」二二章五節。当時の女性の男装については拙著『英国ルネサンスの女たち――シェイクスピア時代の逸脱と挑戦』（みすず書房、一九九九年）の第一章「男装する女たち」（一六―七三頁）を参照。

（5）　Bernabe Rich, *Rich's Farewell to Military Profession 1581*, ed. Thomas Marby Cramfill (Austin: University of Texas Press, 1959), p.84.

（6）　Judith M. Kennedy ed., *A Critical Edition of Young's Translation of George Montemayor's Diana and Gil Polo's Enamorea Diana* (Oxford: Clarendon Press, 1968), p.102.

（7）　女役を男性が演じることで生じたジェンダーに関する問題については、アメリカのシェイクスピア学者ヴァレリー・トラウブやスティーヴン・オーゲルを始めとし、多くの学者が二十世紀末から活発に研究を進めている。Valerie Traub, *Desire and Anxiety: Circulation of Sexuality in Shakespearean Drama* (London: Routledge, 1992); Stephen Orgel, *Impersonations: The Performance of Gender in Shakespeare's England* (Cambridge: Cambridge University Press, 1996).

（8）　Hannay, *Mary Sidney, Lady Wroth*, pp.184–216.

2 『恋の勝利』――「パストラル」と女性の政治介入

1

メアリ・ロウス作の『恋の勝利』は、イギリス女性による初のパストラル・ロマンス劇である。『恋の勝利』の手稿は、彼女の実家のペンズハースト館に三世紀半以上保管されていたが、シドニー家の依頼でリーズ大学のマイケル・ブレナン教授が編纂し、一九八八年、ロックスバラー・クラブから「限定版」として出版された。この作品の当時の上演記録は残っていないが、最近ランカスター大学のアリソン・フィンドレイ教授等が明らかにしたように、女性の書いた劇は当時、貴族の私邸で上演されることが多かった。メアリの実家のペンズハースト館には、芝居を上演するのに適したスペースはたくさんある。フィンドレイが主張するように、ペンズハースト館の大広間か、あるいは色とりどりの花々やさまざまな種類の樹木が今でもその美しさを誇る果樹園につながる庭園が、『恋の勝利』の上演された場所としては最有力候補である。(1) この劇が上演された可能性のある他の場所としては、ロバート・ロウスのデュランスの館、あるいはこの劇のコピーを持っていたらしいサー・エドワード・デーリングの館も挙がっている。妹のバーバラ・シドニーが一六一九年四月にトマス・スミスと結婚するのを祝うために、メアリが書き下ろしたというのである(2)〔図6〕。

『ユーレイニア』や「ソネット集」についての研究の多くが、ロウスのジェンダー観を中心テーマとして取り上げているのに対し、『恋の勝利』の場合は、当時の女性の自己表現の限界をテーマとすることが従来はほとんどであった。しかし、この劇におけるロウスの女性の「自己認識」の表象は、同時代に書かれた戯曲、特にシェイクスピア劇との関係から考察される必要がある。『恋の勝利』には、シェイクスピア劇を意識して書かれたとみられる箇所がある。特に興味深いのは『ロミオとジュリエット』、『お気に召すまま』、『から騒ぎ』、『ハムレット』、『冬物語』、そして『オセロー』との関係である。

本章では、シェイクスピア劇のなかでは解決されずに終わっている問題点、すなわち「男性の嫉妬」、「男性の心変わり」、「家父長制社会における女性の自己認識」という三点に焦点を当て、『ユーレイニア』をも視野に入れながら、これらの問題点が『恋の勝利』の中ではどのように描かれているかを検討する。二十世紀初めに欧米でフェミニズムが台頭する三世紀以上前のルネサンス期イギリスでは、そもそも「女性性」とは当時の男性社会が規定したものであった。この社会で前提とされる「女性性」が、女性自身の認識する「自己」と大きく食い違うことを認識した

図6　『恋の勝利』手稿の表紙（ペンズハースト館当主ドゥライル子爵所蔵）
[By kind permission of Viscount De L'Isle from his private collection]

メアリ・ロウスが、シェイクスピア劇を用いて、いかに女性の「主体」を表現しようとしているかを本章で考察してみたい。メアリの「自己認識」自体は、当時の文化の中で構築されたものではある。しかし、さまざまな限界をもちながらも、当時の社会や文化が決めつける「女性性」に彼女が挑んだことは、その後約四世紀の間、手段や形は異なってはいても女性が社会に向けて発信してきた「抵抗」の出発点とみなすことができるのである。

『ユーレイニア第一部』『ユーレイニア第二部』や「ソネット集」に比べて、『恋の勝利』において当時のジェンダー観に対する挑戦が表面的には少ないとみられるのは、この劇がシドニー家の人々あるいはその友人たち、いわゆる「シドニー・サークル」を観客と意識して書かれたからである、と考える批評家も多い(3)。けれど、「シドニー・サークル」の多くはシェイクスピア劇をよく知っている教養人たちだった。したがってロウスは『恋の勝利』において、むしろ、シェイクスピア劇になじみの深い観客を対象に、当時のジェンダー観に挑戦をしたとみることができる。『恋の勝利』は一見、ハッピー・エンドで終わる伝統的な「牧歌劇」に見えるが、シェイクスピア作品と重ねてみると、実はジェイムズ朝社会におけるジェンダー観に大きな揺さぶりをかけているのである。

また、ロウスの研究者の一人であるマリオン・ウィン゠デイヴィスは最近の著書の中で、『恋の勝利』とシェイクスピア劇とを直接に関係づけてはいないものの、一六二一―一九年のイギリス宮廷における政治の文脈でこの作品の興味深い読みを披露している。ウィン゠デイヴィスはロウスを、当時の最もパイオニア的な作者とみなし、『恋の勝利』を当時再び流行してきた「悲喜劇」の「政治化」（"Politicisation"）という視点から考察している。[4]『恋の勝利』で打ち出されているロウスの急進的なジェンダー観が、ウィン＝デイヴィスが主張する、この劇における「政治化」という問題を視野に入れるとどのような社会的・文化的意味をもってくるかについても、本章の最後で考察する。

2

一六〇四年から一六一〇年頃、シェイクスピアは男性が抱く嫉妬に大きなこだわりをもっていたと思われる。ロウスが宮廷で観たであろう『オセロー』、また彼女が知っていたと思われる『冬物語』はどちらも、男性が女性に抱く妄想から生まれる嫉妬を中心テーマとしている。どちらの作品でも、主人公が妻に抱く不貞の疑いと激しい嫉妬の感情は、とり返しのつかない悲劇を生み出す。両作品において男性の嫉妬は、当人たちだけでなく周りの世界を破壊に導く。しかし、相手の女性や周りの人々の不幸や悲しみは、常に男性の心理に焦点を合わせて描かれている。

ロウスは嫉妬、特に男性の嫉妬の原因は男性自身の「自信」の欠如にあるとみなしている。それは、『ユーレイニア第一部』『ユーレイニア第二部』で語られるエピソードの中で、しばしば述べられている。たとえば、美しく高貴な女性であるリシアは、嫉妬深い夫の残酷な仕打ちを受ける。その仕打ちそのものは嘲笑的に描かれているものの、このエピソードの少し前で、「嫉妬の根源は自らの価値のなさの認識にある」(『ユーレイニア第一部』五五六頁)とコメントが付されている。また、『ユーレイニア第二部』では、厳しい家父長制の国のデイシアが描かれているが、男性が女性に対して絶対的な支配力をもつこの国の政治体制は、男性自身が自らの価値のなさを認識し、おぞましい嫉妬を抱いていることに根源があると説明されている(『ユーレイニア第二部』一四頁)。家父長制社会における男性の、女性に対する絶対的な支配力を、ロウスは男性自身の「自信」の欠如と結びつけているのである。

『恋の勝利』において嫉妬に悩まされる男性登場人物の一人は、主人公のフィリシスである。彼は、親友のリシウスが自分の恋人のムセラと相思相愛の仲であると誤解し、リシウスに嫉妬を抱く。フィリシスの嫉妬は『ユーレイニア』のいくつかのエピソードで見られるように批判的あるいは嘲笑的に描かれていないが、フィリシスの誤解の原因は親友のリシウスに対する「劣等感」にある。

僕という君の友人の不幸な恋から
喜びを得るのは、君だ。
僕の苦しみを慰める想いを楽しむのは君だ。
恋するのは僕で、恋を得るのは君なんだ。
(『恋の勝利』一幕、八一—八四行)

男性の嫉妬についてのこのような見解は、シェイクスピア劇において示唆はされてはいても、明白には表現されていない。『オセロー』で夫の態度の変化にようやく気づいたデズデモーナは侍女のエミリアに、自分は夫の嫉妬の原因となるようなことは何もしていないと言う。それに対しエミリアは、男性の嫉妬について次のように説明することしかできない。

あの人たちは何か理由があるから嫉妬を抱くわけではないのよ。
ただ嫉妬深いから嫉妬を感じるの。
嫉妬というのは自分だけで身ごもり生まれてくるものなのよ。（三幕四場、一六七―一六九行）

同様に、『冬物語』において妻の不貞を疑い、公開裁判でハーマイオニーを弾劾するレオンティーズを侍女のポーライナは激しく非難するが、結局、当面の状況を好転させることはできない。シェイクスピア劇の中の家父長制社会に生きる女性登場人物は、的はずれの嫉妬を受けても何の対処もできず、また悲劇的状況に置かれても自分の身を守ることさえできない。

『恋の勝利』に登場するフィリシスは、オセローやレオンティーズのような激しい気性の男性としては描かれていないので、彼の嫉妬はムセラの心を傷つけはしても、大きな不幸にはつながらない。さらにロウスは、この劇でシェイクスピアがけっしてやらなかったことをしている。というのは、ヒロインのムセラを、恋人のフィリシスに近づき、自分の思いを打ち明け、なぜ彼が最近彼女を避けているのかを尋ねる積極的な女性として描いているのだ。

自分から男性に自らの想いを告白する女は、当時の社会通念では「はしたない」とみなされた。

ムセラ自身、このことは充分認識しており、相談相手のシルベスタに次のように述べている。「本当は、女性が男性に恋を迫っていくのはよいことではないのだけど」（三幕、七九行）。観客がもっている一般的な女性観を意識しながらも、ロウスは女性同士の協力を強調することにより、ムセラを積極的な行動はとっても逸脱した女性とならないようにプロットを運んでいる。ムセラの親友シルベスタは初めはフィリシスに恋しているのだが、彼が恋しているのは自分ではなくムセラであることがわかると身を引き、一生独身を通すことを決心し、処女神ディアナに仕える巫女となる。『オセロー』においてオセロー、イアゴー、ロダリーゴーといった男性登場人物が、デズデモーナに対する欲望をめぐって陰険なかけ引きをするのとは正反対に、ロウスの劇では「恋敵」のはずのシルベスタは、ムセラに嫉妬を抱くどころか、彼女とフィリシスが障害を超えて結ばれるようにさまざまな助けを差しのべるのである。

しかしロウスは、女性同士が助け合うだけではなく、嫉妬を抱くことも描いている。たとえばフィリシスの妹のシミアナはリシウスと互いの愛を確認したにもかかわらず、イアゴーを想起させる悪人のアーカスに唆され、リシウスと奔放な女性として登場するダリーナとの関係を疑い、嫉妬を抱く。シミアナの嫉妬には、『オセロー』における嫉妬とジェンダーの逆転が見られる。しかし、『恋の勝利』では女性同士の絆が、事態が深刻となることを防ぐ。ムセラは親友のシミアナに、嫉妬は自らを惨めにするだけの愚かな感情であると言って、彼女に嫉妬の想いを捨てさせる。

ムセラ：お願いだから、嫉妬なんていう
卑しくて邪悪な感情はもたないで。
嫉妬は自分を惨めにするだけ。
（『恋の勝利』四幕、二六二―六四行）

ムセラ：本当に、嫉妬なんていう間違った想いは
捨ててちょうだい。嫉妬があなたの愛するリシウスを
死の川淵まで連れていったのを考えて、
彼を傷つけたことを後悔してよ。さもないと彼はすぐに死んでしまう。
（『恋の勝利』四幕、二八三―八六行）

一方、ムセラはシルベスタの助言に従い、フィリシスがいつも散歩する道で、彼を待ち伏せする。ムセラが木陰で彼の独白を聞くという設定は、おそらくシェイクスピアの『から騒ぎ』の二幕三場と三幕一場をロウスが意識したからであろう。しかしムセラの場合は、フィリシスの誤解を解くために彼と直談判するという積極的な行動をとる。この場面は、『ロミオとジュリエット』のバルコニーの場をも想起させるが、シェイクスピアの悲劇ではジュリエットのロミオへの想いを語るひとりごとを彼が偶然庭で聞くのに対し、ロウスはヒロインのムセラにフィリシスの独白を聞くための行動をとらせ、互いの想いを確認する機会を作っている。ところがそれも束の間、

亡くなった父親の遺言だということでムセラは、金持ちの田舎者ラスティックとの結婚を母親に強いられる。母親の命令を避ける唯一の方法として、ムセラは二人の自殺を提案し、フィリシスはこの提案に従う。ここでも主導権をもつのはムセラであり、当時のジェンダー観の逆転が見られる。

興味深いことに、男性の嫉妬の原因が男性自身の問題にあることを認識していたのはシェイクスピアだけではない。メアリ・ロウスの恋人であった第三代ペンブルック伯ウィリアム・ハーバートも同様な想いを自らの詩の中で吐露している。彼の死後、一六六〇年にイギリス・ルネサンス最大の詩人といわれたジョン・ダンの息子の編纂により、デヴォンシァー伯爵夫人が保管していたハーバートの詩集が刊行された。この詩集には「嫉妬について」という詩が含まれている。この詩の中で、ハーバートは男性の嫉妬について考察した後、その原因は、「相手の女性の魅力を自分の支配下に置けない」男性の「自信」の欠如にあると述べている。(5) しかし、ハーバートもシェイクスピアもロウスとは異なり、男性の嫉妬の原因を、家父長制の社会の中で女性の「主体」をコントロールできない男性側の不安、つまり「自信」の欠如にあることを明確に表現することは避けている。

このように、当時宮廷で大きな評判を呼んだシェイクスピアの『オセロー』や『冬物語』の根幹を成す男性の嫉妬という問題に、ロウスは『恋の勝利』の中で全く異なる視野を与えることで、当時の家父長制社会の価値観そのものに疑問を投げかけている。

3

次に、男性の「心変わり」について、ロウスが『恋の勝利』の中でシェイクスピア劇をどのように「変容」させているかをみてみよう。たとえば、前章で見たようにシェイクスピアの代表的な喜劇『十二夜』のヒロインのヴァイオラは、男性の「心変わり」が女性にもたらす悲しみを理解する女性登場人物として描かれている。自分が可愛がっている小姓シザーリオが実は女性のヴァイオラであることを知らないオーシーノは、すでに触れたように、いかに男の愛情が移ろいやすいかということ、女性は男性を魅惑できる「美」をほんの短い期間しか保てないこと、したがって恋人には年下の女性を選ぶべきであるとシザーリオに忠告する。これを聞いたシザーリオ（実は女のヴァイオラ）は、時の流れの前にどうすることもできない女性の「老い」と、それに伴う男性の心変わりを受け入れざるを得ない。

メアリ・ロウスも男性の「心変わり」については、『ユーレイニア第一部』『ユーレイニア第二部』および「ソネット集」でたびたびふれていた。たとえば『ユーレイニア第一部』では、すでに述べたように、ロウス自身が投影されているとみなされる人物の一人のベラミーラが、長年の恋人の「心変わり」を仕方のないことととして受け入れている。

私が未亡人になってからいろいろと苦労をし、私自身の美貌も衰えてしまいました。そしてあの方の愛情も失いました。あの方の愛は私のみに向けられ、変わることはないと何度も誓っておられましたが、私の容貌の変化に嫌気がさし、かつての固いご決心から自由の身になり、私以外の女性に想いを寄せられました……こんなに顔に皺が増え、美貌が衰えてしまっては、一体何を望めるというのでしょうか。

（『ユーレイニア第一部』三九〇頁）

ウィリアム・ハーバートをモデルとしている『ユーレイニア』の男性主人公のアンフィランサスは、ロウスをモデルとするパンフィリア王国女王のパンフィリアに熱い想いを抱きながら、常にパンフィリアのほかにも恋人をもっている。パンフィリアは、長期間の旅から戻ったアンフィランサスが、自分が老いてきたにもかかわらず愛してくれるだろうかと不安に思う。「あの方は、こんなに皺の増えた私の顔に微笑みかけ、私の美しさが衰えてしまっても愛してくださるのだろうか」と、彼女はベッドに横になりながら自問自答する（『ユーレイニア第一部』五六八頁）。

しかし一方では、男性がさまざまな欠陥をもっているにもかかわらず、家父長制社会において絶対優位の権限を与えられ、そのうえ「心変わり」を繰り返すことに対して、ロウスは辛らつなコメントを与えている。たとえばすでに第一章で引用したが、『ユーレイニア第一部』で、女王としての政治の駆け引きとアンフィランサスとの複雑な恋愛関係に疲れ果てたパンフィリアは一人、森に行き、読書に没頭しようとする。ところが、読んでいた「ロマンス」が自分の体験とそっくりな男性の心変わりをテーマとしていることがわかると、その本を投げ出して、家父長制社会の矛盾を皮肉をこめて指摘する。

物語のテーマは「恋愛」であった。その時パンフィリアの読んでいた物語は、ある勇敢ですばらしい男性を愛した女性についてであった。その男性も同様にこの女性を愛していたのだが、男性は何事においても女性を凌駕するので、「心変わり」においても女性にはるかに勝っている。その男は彼女を捨てて、別の女性のもとに去ってしまった。

（『ユーレイニア第一部』三一七頁）

『恋の勝利』の中で一番大きな心変わりを経験するのは、フィリシスの親友のリシウスである。彼は恋を「女々しい」感情と軽蔑し、恋愛感情には全く心動かされない自分の「男性性」を誇りとしていた。ところが急にフィリシスの妹のシミアナに恋をしてしまう。といっても、実は女神ヴィーナスが、自分に敬意を表さなくなった人間に怒り、リシウスを恋に夢中にさせるようにキューピッドに命じたのである（一幕、三八五―四二八行）。

ここで注目すべきは、キューピッドではなくヴィーナスが男性の心変わりを仕組んでいることである。ヴィーナスとキューピッドの登場が作品の枠組みとなっている当時の作品はほかにもある。ベン・ジョンソン作の『月の女神シンシアの饗宴』（一六〇一）や、ロウスが大きな影響を受けたと考えられるペトラルカの『恋の大勝利』、またシドニー家と関係の深かった作家ウィリアム・ブラウン作『ブリタニアのパストラル』（一六一三―一六）や、サミュエル・ダニエル作の

『ハイメンの勝利』（一六一四）においてもヴィーナスが絶対的な力をもつ。『恋の勝利』において女性の支配力を強調するために、シドニー家とゆかりの深かった作家たちが好んで用いたヴィーナスとキューピッドが登場する枠組みを、ロウスが用いているのは興味深い。それに対し、シェイクスピア劇における男性の「心変わり」は、女性の心を傷つけるだけの場合が多い。シェイクスピア劇をよく知っている「シドニー・サークル」の観客にとっては、たとえ女神のヴィーナスであっても、男性の「心変わり」を生み出す張本人が女性であり、また男性に悲しみをもたらすのも女性であるという設定はきわめて新鮮にみえたに違いない。また、女性の観客はこの設定に、女性が男性の心を支配する可能性を見たことだろう。このようにロウスの『恋の勝利』は、男性に絶対の権限を与える一方で、「忍耐」を「女性性」の特徴と定義づける当時のジェンダー観を見直す視座を提供しているのだ。

4

メアリ・ロウスが『恋の勝利』の中でシェイクスピア劇を大きく変えているもう一つの重要なテーマは、「強制結婚」である。当時、貴族や紳士階級の人々にとって、結婚は一家の富や社会的な地位上昇のための手段だったので、父親が「家」のために仕組んだ結婚を娘に強いる「強制結婚」は、けっしてめずらしいことではなかった。すでに述べたようにメアリとロバート・ロウスの結婚も、彼女とウィリアム・ハーバートとの長年の恋愛にもかかわらず、メアリとロバートの両親によって決められたものだった。

前章において考察したように、『ユーレイニア』の中で描かれる結婚を強いられる女性の特徴は、「強制結婚」の枠にはめられるのを拒絶する女性が多いことである。リミーナについてのエピソードは、「強制結婚」がハッピー・エンドで終わるめずらしい例である。一方、『ユーレイニア』において親に強制される結婚を受け入れないヒロインは多くの場合、不幸な結末を迎えている。なかでも前章で触れた、『ロミオとジュリエット』を想起させるセファロニア島の恋人たちのエピソードは、恋人たちが「強制結婚」から逃れるために駆け落ちをして命を落とす悲話である。

『恋の勝利』においても親による「強制結婚」は重要なテーマとなっているが、注目すべきは、ムセラを金持ちの地主の息子ラスティック（田舎者）と強制的に結婚させようとするのがムセラの母親であることである。母親が単独で娘に結婚を強いるのは、ルネサンス期の演劇ではめずらしい例だが、実はムセラの母親の陰には亡くなった父親の遺志の存在がある。ムセラはラスティックと結婚すべきとする父親の遺志に忠実でなくてはならないという理由で、ムセラの母親は二人の結婚を主張して譲らない。

この辺りは、『ヴェニスの商人』のポーシャが父の遺言に従って結婚相手を決めなくてはならない状況を思い起こさせる。ラスティックはロウスの夫ロバートがモデルであったと一般に言われている。知的なことには興味がなく乗馬好きの田舎者であったロバートが、教養豊かで詩作が大好きであったメアリと不似合いであったように、ラスティックもムセラとは不釣り合いな男性として描かれている。ムセラの「強制結婚」は一見滑稽に見えるが、当人にとっては大きな不幸を招き、この結婚を取り決めてしまった父親の先見性のなさが明らかになる。ところがムセラの母親の場合は、自分が悪人アーカスの嘘を信じたことが娘の不幸の源となったことを認識する。ムセラとフィリシスが「強制結婚」を避けるために命を絶ったということを知ると母親は後悔し、二人が生き返るとあっさりと父親の遺志を撤回して、結婚を許すのだ（五幕、四九六―五〇二行）。アーカスはシェイクスピアが『オセロー』の中で描いたイアゴーを想わせる悪人だが、イアゴーの言うなりになるオセローと違い、ムセラの母親はアーカスの悪事に気づき不幸を防ぐ。

さらに、『恋の勝利』では、シェイクスピアの『ロミオとジュリエット』に登場するローレンス神父の役割を、女神ディアナに仕える巫女のシルベスタが務める。ローレンス神父と同様に「強制結婚」から恋人たちを守るために、シルベスタは仮死状態をもたらす毒薬を恋人たちに与える。しかし、何かと失敗を繰り返すローレンス神父と異なり、シルベスタは見事に役割を果たす。たとえば、ジュリエットが「眠り」から目覚めるのを墓で待つローレンス神父は、人の気配を感じると、目覚めたジュリエットに尼寺に身を隠すよう説得したり、結局は自分独りでその場から逃げ出したりして、常に責任を回避しようとする。対照的に、シルベスタは恋人たちに「死」をもたらした自らの責任をはっきりと認める。そこに女神ヴィーナスが登場して、女神自身がシルベスタを使ってすべてを操作していたことが明らかにされる。

このように、『恋の勝利』におけるムセラの「強制結婚」には、『ロミオとジュリエット』における恋人たちの結婚とのパラレルが示唆されている。が、同時に、家父長制社会の慣習であった「強制結婚」を、女性が避けることのできる可能性をも強く打ち出しているのである。

メアリの伯父であるフィリップ・シドニー作の『アーケイディア』や、シェイクスピアと同時代人で宮廷人・詩人であったエドマンド・スペンサーの描いた『妖精女王』を始めとする「牧歌劇」・「牧歌詩」（パストラル）とは異なり、『恋の勝利』には一見、政治が全く不在であるように見える。扱われるテーマが恋愛であるので、政治に深く関わることの多かったシドニー家の人々やその友人たちは、非日常の次元で繰り広げられるこの「牧歌劇」を、単なる「ファンタジー」として楽しんだのかもしれない。フィリップ・シドニーやスペンサーは、「パストラル」というジャンルを用いて中央の宮廷政治に対する不満を描いた。が、ロウスはその非日常性を利用して、当時の女性が置かれていた理不尽な社会状況に対する女性の抵抗感を、女性のもつヴァイタリティや多様な能力、あるいは女性同士の連携の強さを強調することによって表象している。イギリス・ルネサンス期女性作家の研究者のバーバラ・ルワルスキーは、『恋の勝利』において伝統的な「牧歌劇」の役割は、フェミニスト的ジェンダー観の表象に用いられている、と評している。(6)

一方で、シドニー研究の専門家であるゲアリ・ウォラーやマーガレット・アン・マクラーレンは、『恋の勝利』には「女性の言葉」（"a female language"）が欠如している」と指摘している。(7) これらの研究者にとって、『恋の勝利』では『ユーレイニア』や「ソネット集」とは異なり、当時のジェンダー観に対する作者自身の想いを表現する「言葉」が欠落しているとみえるのである。しかし、シェイクスピア劇との関連を視野に入れてみると、ロウスはシェイクスピア劇をよく知っている観客に対して、シェイクスピア劇を「変容」させることによって自らの考えを表現するという、独特の「言語」を披露している。当時のジェンダー観においては、男性作家の作品の翻訳か宗教関係以外の分野では、女性の自己表現は否定されていた。しかし、男性作家による作品、特に、当時人気のあったシェイクスピア作品を手段に自己表現することは、たとえ対象が「シドニー・サークル」を中心とする人々に限られていたとはいえ、当時の女性に開かれた自らの「言葉」をもつ数少ない可能性の一つであったといえよう。

5

ジェンダーの観点からみると、『恋の勝利』には以上のような斬新性が見出される。さらに、マリオン・ウィン゠デイヴィスの最近の研究によって、この作品には政治的意図も表現されていることが明らかにされた。ウィン゠デイヴィスはロウスをイギリス・ルネサンス文学のパイオニアとみなし、メアリが当時台頭してきた「悲喜劇の政治化」を『恋の勝利』で試みているとしている[8]。男性作家によるパストラルや悲喜劇の「政治化」については、これまでに多くの研究がなされてきた。ウィン゠デイヴィスの『恋の勝利』論で大事な点は、シドニー／ハーバート家の文人たちがつくりあげてきた文学の伝統ともいえる「パストラル」や悲喜劇の手法を、この伝統をとりいれたシドニー家の最後の作家といえるメアリ・ロウスが、女性と政治の関わりに用いているということである。ウィン＝デイヴィスは、『恋の勝利』の背景には、当時の社会を最も賑わせた出来事の一つである、ジェイムズ国王の娘エリザベス王女とプファルツァ選帝侯フレデリックの結婚があるとみなす。この結婚については本書の最終章でも扱うことになる。

一六一二年十一月にジェイムズ国王の長男で世継ぎのヘンリー王子が急逝すると、イギリス社会の急進的なプロテスタントたちはエリザベス王女と、やがてボヘミア王となるはずのフレデリックとの結婚に、ヨーロッパ大陸におけるプロテスタント制覇の期待をかけた。しかし、ヨーロッパのプロテスタント国と連携を結ぶことは、小国であるイングランドの国益とは必ずしもならないと考えたジェイムズ国王は、もともとこの結婚にあまり乗り気ではなかった。特にアン王妃は、王女の結婚相手として、もっと政治情勢の安定している国を代表する男性を望んでいたので、この結婚に強く反対していた。ところが、フレデリックが一六一二年九月にイギリス宮廷にやってくると、エリザベス王女はすっかりこの若き選帝侯に魅了され、彼との結婚を強く望んだ。結局一六一三年のヴァレンタイン・デイに二人は結婚し、四月にフレデリックはエリザベスを連れてハイデルベルクへの帰途につく。

エリザベスとフレデリックの結婚を可能にしたのは、イギリス宮廷のプロテスタント勢力による強力な支援だったといわれる。なかでも、ベッドフォード伯爵夫人ルーシー・ハリングトン・ラッセル（一五八〇／八一―一六二七）が大きな力となっていた。ルーシーは強硬派のプロテスタントで、シドニー家の遠縁にもあたり、エリザベス王女やロウス、そしてウィリアム・ハーバートとも親しかった。ベン・ジョンソン作の『黒の仮面劇』が一六〇五年の十二夜に宮廷で上演された時には、ロウスとともに出演している。

従来、ムセラにはロウスと、フィリップ・シドニーの憧れの女性であったペネロピー・リッチの二人が、そしてフィリシスにはウィリアム・ハーバートとフィリップ・シドニーの二人が投影されていると考えられてきた。(9) さらに、恋人たちを「強制結婚」から救うシルベスタには、ロウスとハーバートの恋愛を支援したベッドフォード伯夫人ルーシー・ハリングトンが重ねられているとみなされていた。ところが、ウィン＝デイヴィスはこれらの可能性と同時に、シルベスタ役には、エリザベス王女と選帝侯フレデリックの結婚を実現させるために尽力したベッドフォード伯夫人の役割も示唆されているという新説を唱えた。(10)

ということは、メアリ・ロウスもエリザベスとフレデリックの結婚を推進するのに関わった可能性が出てくる。エリザベスとフレデリックのハイデルベルクへの帰途の旅には、ロウスの父のロバート・シドニーと弟のロバート・シドニー、そしてルーシー・ハリングトンが同行している。(11) エリザベスとフレデリックの結婚には、生前のヘンリー王子が深く関わっていたが、一六一二年十二月の二人の婚約を可能にするのにウィリアム・ハーバートも大きな影響力を与えている。

ところで一六一二年頃、ロウスがアン王妃の宮廷から「追放」されたという説を唱える研究者たちがいる。その根拠は、第一章で扱ったベラミーラや、メアリ自身が投影されている『ユーレイニア』の中のもう一人の登場人物リンダミーラが、同様な経験をした旨を語っていることにある。王妃の気に入らないエリザベス王女の結婚話にロウスが介在したために王妃の不興を買い、一時的に宮廷を離れざるを得なかった状況を反映していると考えることも可能だ。ベラミーラは、宮廷中で彼女についての悪意ある噂が流れ、王妃に冷淡な扱いを受けて宮廷を去ったと告げている。この噂は、エリザベス王女の結婚に関わるものだったのか、「はじめに」で述べたようにハーバートをめぐるアン王妃との三角関係にあったのか、あるいは両方が原因だったのかは定かでない。

『恋の勝利』に見られるシェイクスピア劇への言及とジェンダーの逆転は、単に当時の家父長制に対する女性の抵抗感をロウスが表象しようとしたことにとどまらない。政治世界の表面には出られなくても陰で大きな力をもっていた、当時の女性の「政治力」が描かれていると考えることができる。

さらに、『恋の勝利』が書かれた時期とみなされる一六一三年以降、特に一六一九年頃のヨーロッパ大陸の政治状況も考慮に入れなくてはならない。エリザベスとフレデリックがハイデルベルクに戻った後、フレデリックはボヘミア国王となり、間もなく二人はハプスブルク勢力と宗教的に厳しく対立することになり、三十年戦争に巻き込まれていく。ボヘミア王妃エリザベスにプロテスタント王国のイングランドから援助を与えるべきだという、宮廷のプロテスタントたちの強い要請にも拘らず、ジェイムズ王は積極的な支援を拒み続けた。『恋の勝利』で描かれる女性の行動力とヴァイタリティは、強力なプロテスタントが多かった「シドニー・サークル」の観客に向けた、エリザベス援助のために女性が発揮すべき「政治力」についてのメッセージであったのかもしれない。

女王であったエリザベス一世の存在は別として、従来、十六・十七世紀のイギリス社会における女性の政治介入についてはあまり考察されることがなかった。しかし、イギリス・ルネサンス文化の専門家スーザン・ワイズマンが近著の中で主張しているように、当時の女性と「政治」の関係を見直す時期がやってきたと思われる。[12] 十六・十七世紀のイギリスにおける激動の政治舞台の陰で女性がどのような「政治力」をもっていたのか、彼女たちが政治に関わる見解をどのような手段で表現したかを探究することは、当時のイギリス文化の研究に新たな光を投げかけることになる。メアリ・ロウス作の『恋の勝利』には、この光にあぶり出される当時の文化の新しい局面が表わされているように思われる。

本章は以下の口頭発表と刊行論文を基盤としている。

・「Shakespeare 作品からみる Lady Mary Wroth — *Love's Victory* を中心に」、名古屋大学二〇〇七年度サマーセミナー（二〇〇七年七月、於：名古屋大学）「招待講演」。

・'*Love's Victory* as a Response to Shakespeare: A Configuration of Gender Distinctions'. The Annual Conference of The Renaissance Society of America (Chicago), April 2008.

・「Shakespeare作品からみるLady Mary Wroth—*Love's Victory*を中心に」、名古屋大学英文学会『IVY』第四一巻（二〇〇八年）、二一—四二頁。

・'*Love's Victory* as a Response to Shakespeare: A Configuration of Gender Distinctions'、東京女子大学『英米文学評論』第五四巻（二〇〇八年）、一—一八頁。

注

（1） Alison Findlay, *Playing Spaces in Early Women's Drama* (Cambridge: Cambridge University Press, 2006), pp. 83-94.

（2） Hannay, *Mary Sidney, Lady Wroth*, pp. 212-15.

（3） Gary Waller, *The Sidney Family Romance: Mary Wroth, William Herbert, And the Early Modern Construction of Gender* (Detroit: Wayne State University Press, 1993), pp. 237-45; Mary Ellen Lamb, *Gender and Authorship in the Sidney Circle* (Madison: The University of Wisconsin Press, 1990), pp. 150-152を参照。

（4） Marion Wynne-Davies, *Women Writers and Familial Discourse in The English Renaissance: Relative Values* (Basingstoke: Palgrave Macmillan, 2007), p.103.

（5） Herbert, *Poems*, p.69.

（6） Barbara K. Lewalski, 'Mary Wroth's *Love's Victory* and Pastoral Tragicomedy', in *Reading Mary*

Wroth: Representing Alternatives in Early Modern England, eds. Naomi J. Miller and Gary Waller (Knoxville: The University of Tennessee Press, 1991), p.89.

(7) Waller, 237–45; Margaret Anne McLaren, 'An Unknown Continent: Lady Mary Wroth's Forgotten Pastoral Drama, "Loves Victorie"', in *The Renaissance Englishwoman in Print: Counterbalancing the Canon*, eds. Anne M. Haselkorn and Betty S. Travetsky (Amherst: The University of Massachusetts Press, 1990), p.284.

(8) Wynne-Davies, *Women Writers and Familial Discourses*, pp. 98–103.

(9) Wynne-Davies, '"For Worth, Not Weakness, Makes in Use but One": Literary Dialogues in an English Renaissance Family', in *'This Double Voice': Gendered Writing in Early Modern England*, eds. Danielle Clarke and Elizabeth Clarke (Basingstoke: Macmillan, 2000), pp. 164–84.

(10) Wynne-Davies, *Women Writers and Familial Discourses*, p.102.

(11) Michael Brennan, *The Sidneys of Penshurst and the Monarchy, 1500–1700* (Aldershot: Ashgate, 2006), p.126.

(12) Wiseman, *Virtue & Conspiracy*, pp. 2–30.

3 「黒」の表象と異文化認識――『ユーレイニア』と『オセロー』を中心に

1

『ユーレイニア第二部』の中心となる、主人公パンフィリアとタータリア国王ロドマンドロとの結婚についてのエピソードを、メアリ・ロウスは『オセロー』を強く意識して書いたと思われる。『ユーレイニア』の特徴の一つは、散文ロマンスでありながら語り手が時々介在するものの、ストーリーの大部分は登場人物の会話体で進行していくことである。ここにもロウスの演劇への関心がうかがえる。ロウス作品のこの特徴のおかげで、ロマンスと演劇というジャンルの違いはこれらの二作品を比較するのに大きな支障とならない。

本章では、両作品における「黒」の表象を比べることで、イギリス・ルネサンス期の白人女性の異文化に対する意識を、主にジェンダーの観点から考察する。ロウスが『オセロー』という作品のどのような点を問題として捉え、『ユーレイニア』の中でその点をいかに書き換えているかを見ることで、逆に『オセロー』のどのような面が照射されるかを考える。

『ユーレイニア第一部』は一六二一年に出版されたが、その中のエピソードのいくつかがジェイムズ国王周辺の貴族をモデルとしているということで大騒ぎとなり、その後、ロウスのはっきりした消息は、長い間わからなくなった。しかし、二〇一〇年五月にマーガレット・ハネイによるロウスの伝記『メアリ・シドニー、レイディ・ロウス』が刊行され、この中でロウスの人生の後半部分がかなり明確にされた。

『ユーレイニア』は、王侯貴族の地中海・小アジア地方一帯の冒険物語を中心とする散文ロマンスである。(1)『ユーレイニア』が先行するロマンス作品と異なるのは、単に冒険中に起きる男女の恋愛話を語りつづけていくのではなく、主人公たちの異文化体験が強調されていることである。この点では、トマス・ダランの日記『マスター・トマス・ダランの日記』(一五九九―一六〇〇)や、ウィリアム・ビンダルフの旅行記『四人のイギリス人と説教師の旅行記』(一六一二)、さらにジョージ・サンズ(George Sandys)による『旅行記』(一六一五)等、当時さかんに出版されていた異文化圏、特にアフリカやイスラム圏への「旅行記」が『ユーレイニア』のモデルになっていたように思われる。(2)特に、ジョージ・サンズの『旅行記』の中扉を飾る地図には、『ユーレイニア』で描かれる土地のほとんどが載っており、ロウス研究者であったジョセフィン・ロバーツはサンズの『旅行記』を『ユーレイニア』の主な材源の一つとみなしている。(3)

また、このような「旅行記」の流行に乗じて一六〇〇年十一月にジョン・ポリイが、レオ・アフリカーナス著『アフリカの地理的歴史』の英訳を出版しているが、この翻訳書は当時大変人気があったので、ロウスはこの本も読んでいたであろう。ポリイはメアリの伯母のペンブルック伯夫人メアリ・シドニー・ハーバートが開くウィルトン・ハウスでのサロンを訪れる文人でもあった。グラナダ生まれでバーバリー育ちのクリスチャンであるアフリカーナスは、一五二六年にアラビア語で本書を書き、後に自らイタリア語、ラテン語、スペイン語に翻訳した。この本は、アフリカ大陸の地理やさまざまな部族の特徴を体系的に記した最初の書物といわれている。この中でアフリカーナスは、アフリカ人の野蛮さや残酷さ、無骨さについて述べると同時に、彼らの勇壮さや慇懃な態度、さらに、黒い肌や彼らの詠う詩の美しさにも言及している。第三アーデン版『オセロー』の編者であるE・A・J・ホニグマンを始めとする多くの学者が、ポリイの翻訳をシェイクスピアの『オセロー』の創作に大きな影響を与えた作品の一つとみなしている。

『ユーレイニア第二部』においてパンフィリアの夫となるのは、パンフィリアの長年の恋人である白人のアンフィランサスではなく、タータリア国王である黒人のロドマンドロである。彼はクリスチャンで、白人に勝るとも劣らない勇敢さと美しさをもつ男性として描かれている。十七世紀におけるタータリアは、ジョセフィン・ロバーツによると現在の中国本土のほとんどすべてとインドの一部を含む中央アジア一帯を指していた。(4) しかし『ユーレイニア』の中で描かれるタータリアは、ヘンリー・ブラウントが旅行記『レパントへの旅』の中で「小タータリア」("Petit Tartar")(5) と呼んでいる、黒海一帯のトルコ系かロシア系の小アジア地域を指しているようである。

したがって、タータリア人の肌は黒っぽいことはあっても真っ黒ではなかったはずだが、ロウスはロドマンドロを黒人として描いている。

ロドマンドロが最初に登場する場で、彼の姿は次のように紹介される。

勇敢な青年紳士で、体型は非常に美しく、どんな芸術作品も真似ることはできないほど見事なプロポーションをしている。身長は高すぎず低すぎず、手は淑女のように白く、顔立ちは整っている。黒い肌をしているが、それは明らかに太陽がその美しい顔立ちをあまりに気に入って強烈にキスをしたせいか、あるいは彼の顔立ちの美しさをねたみ怒って、強烈な光線を当てて顔の色を焦がしてしまったかららしいが、それでも彼の美しい顔立ちの完璧な優雅さを取り去ることはできなかった。黒い肌に包まれてはいても、彼のダイアモンドのような目は日の光を浴びてきらきらと輝き、その輝きは、どんなに強く燃えるような日光が当たっても対抗できる力を示し、日光の力を凌駕していた。なぜなら、黒い肌はしていても、彼には完璧な美しさがあり、その美しさには純粋な美そのものがあった。（『ユーレイニア第二部』四二頁）

旅の途中、ロドマンドロの船が難破してしまい、彼は初めてパンフィリアの父のモーリア国王の宮殿を訪れる。ロドマンドロがモーリア宮廷を訪問する場では、そこに居合わせた白人の宮廷人が彼の美しさと高貴さにいかに心を打たれたかが長々と描写されている（『ユーレイニア第二部』四三―四四頁）。ロドマンドロはこの後、パンフィリアの恋人でナポリ国王のアンフィランサスと頻繁に比較されることになるが、この場ではパンフィリアとアンフィランサスは鹿狩りに出かけていて不在である。
ロドマンドロの颯爽とした姿を描写した後、ロウスの筆は、鹿を追いかけるアンフィランサスとパンフィリアの描写に移る。二人の狩りの目的は、その辺りで評判になっている不思議な牡鹿を射とめることだった。この鹿は、角も体もすべて真っ黒(“cole black”)で(『ユーレイニア第二部』四三頁)、普通の鹿の二倍ほどの大きさがあり、左の脇腹には白い矢の形の斑点があるのが特徴だった。二人はこの鹿を見つけ、激しく追いつめるが、結局射とめることができず、この鹿の立派な姿と見事な走りに感動しただけで宮廷に戻ってくる。ここで、彼らはすでに到着していたロドマンドロと初めて対面することになるのだ。黒い肌のロドマンドロは、二人が追いかけた黒い鹿と重ねられて描写されている。

パンフィリアとアンフィランサスは宮廷に戻ってきた時、この勇敢なタータリア人に初めて会う。二人が追いかけていた鹿のように真っ黒で、物腰は謙虚、まるで宮廷の誰かに少しでも無礼になるのなら、すぐに消え去るつもりでいるような態度をしている。

(『ユーレイニア第二部』四三頁)

このように、ロドマンドロのすばらしさを描く際にロウスは彼の「肌の黒さ」を読者に一時も忘れさせせない。すでに述べたように、実際のタータリア人の肌は必ずしも黒くはないのだが、ロウスはロドマンドロを、シェイクスピアがオセローを描いたように黒人のイメージで描く。そしてその描写には、アンフィランサスとパンフィリアを振りきって逃げた黒い牡鹿のように、白人文化に包含されることのない勇壮な「他者」というイメージがつきまとう。

しかし、ここでロウスが肌の黒いロドマンドロを指して「偉大なる首長」（グレイト・チャム、"The Great Cham"）という言葉を用い、「ムーア」（"Moore"）という言葉を使っていないことに注意しなくてはならない。「グレイト・チャム」はモンゴルあるいはトルコの一部のイスラム圏の国王あるいは首長を指す際に旅行者が用いていた言葉である。ロドマンドロを「ムーア」ではなく「グレイト・チャム」と呼ぶことで、ロウスは異文化圏のもつ魅力をさらに強調している。

2

『ユーレイニア』を通してアンフィランサスには、これまで述べたように「最も勇敢なプリンス」（『ユーレイニア第一部』二三頁）とか、「類まれなプリンス」（『ユーレイニア第二部』四六頁）といった、すべての面で卓越した「完璧」な男性という表現がたびたび用いられている。ところが、おもしろいことにこのエピソードでは、「完璧」な白人男性であるはずのアンフィランサスが、黒人のロドマンドロに強い嫉妬を抱くことになる。アンフィランサスはロドマンドロに会ったとたんに、この黒人がパンフィリアをめぐり自分のライヴァルになるのではないかと危惧する。アンフィランサス以外の宮廷人がロドマンドロとの会話を大いに楽しむのとは対照的に、アンフィランサスは嫉妬の気持ちでいたたまれなくなり、口実をつくってその場を去ってしまう。

パンフィリアはすぐそのことに気づき、しばらくその場にとどまりロドマンドロ一行をもてなした後、席をはずし、自分の部屋に向かう。その間中彼女は、いかにしてアンフィランサスの燃えるような嫉妬を和らげることができるかということばかりを考えている。部屋に戻るとパンフィリアのベッドの上には、アンフィランサスが深いため息をついて横たわっている。パンフィリアは次のように言う。

一体何が原因であなたはそんなにため息をついて嘆いていらっしゃるのですか。一体、何があなたに悲しみをもたらしたというのですか。すべての人々の心は、特に私の心は、あなたに全く忠実であるというのに。

（『ユーレイニア第二部』四五頁）

『オセロー』三幕四場でデズデモーナは、酒乱のために副官の職を失ったキャシオーの復職を、執拗にオセローにせがむ。侍女のエミリアは、デズデモーナに対するオセローの態度がこれまでとは違うのに気づき、彼が嫉妬しているのでなければよいが、とデズデモーナのことを心配する。デズデモーナはオセローが嫉妬のような陰湿な感情をもつはずがない、「オセローがそんな感情を抱くようなことを私は何もしていない」（三幕四場、一六五行）と言って、初めはオセローの態度の変化を認めようとしない。

しかし、オセローの激しい嫉妬が現実のものとなると、デズデモーナは全く対応できなくなる。

それに対し、パンフィリアはデズデモーナのように無力ではなく、アンフィランサスに激しく反論する。この時パンフィリアがアンフィランサスの嫉妬に根拠がないことを主張するために繰り返し用いるのは、「理由」（"cause"）という言葉である。パンフィリアがこの場で用いる言葉には、『オセロー』五幕二場の初めに「その理由、理由が肝腎なのだ……」とデズデモーナを殺す必要性を自らに言い聞かせながら、彼女が眠っている寝室に入っていくオセローの科白の影響が強く感じられる。また、ナオミ・J・ミラーが指摘するように、パンフィリアが私室に入っていき、ベッドの上に横たわっているアンフィランサスを見下ろすところは、五幕二場でオセローがデズデモーナの寝室に入ってきて、眠っているベッドの上の彼女を見下ろす場と呼応する。高い位置に立ち、「見る」側のジェンダーが、パンフィリアとオセローの場合では逆転されている。(6)

また、ロウスはアンフィランサスに、シェイクスピアがオセローにさせたよりずっと率直に自分の想いを語らせる。アンフィランサスは、自分以外の男性の目がパンフィリアの美しい容貌に見惚れるのは我慢できない。彼女の美しさに魅惑されるのは彼の目だけであってほしいと、男性中心の彼の勝手な想いをはっきりとパンフィリアに告げるのだ。彼は、ロドマンドロというライヴァルの出現でパンフィリアを独占できなくなったという想いから嫉妬しているのである。しかし、パンフィリア自身がロドマンドロをどのように思っているかということは彼の意識のなかには全くない。

このことに気付いたパンフィリアは、男性の視線から独立した自らの「主体性」をアンフィランサスに向かって主張する。

目というのは放浪人のようなもので、空腹であればどんな食物にでも喰らいつこうとします。特に食物が近くにある場合には。ですから、果てしなく多くの人々が私を見つめるかもしれません。心も、旅する人のように安らぎを求めて港を探すのですが、たびたび港の中に入れてもらうのを拒絶されてしまいます。だからといって、何の災いも起こりはしません。もしもあるご婦人があなたを見つめて憐れみをかけてほしいと懇願したとしても、あなたは目をそらし、その方の求愛を拒絶して眉をひそめることだってできるはずです。女性にだって同じことができるのではありませんか。特に、あなたに忠誠を誓っている私なのですから。

（『ユーレイニア第二部』四五頁）

「女性にだって同じことができる」というパンフィリアの言葉は、『オセロー』四幕三場最後のエミリアの科白を想起させる。

夫たちに教えてやりたい。
妻だって彼らと同じように感じるってことを。目は見えるし、匂いも嗅げる。
甘いものと酸っぱいものの区別だって
夫と同じようにできる。一体どういうことなの、

msz

みすず 新刊案内

2011. 3

スペイン内戦 ［全2巻］

1936-1939

アントニー・ビーヴァー
根岸隆夫訳

それは軍部の反乱に始まり、スペイン全土に波及し、さらに代理世界戦争に拡大して、二十世紀を象徴する戦いのひとつとなった。ピカソの「ゲルニカ」、ヘミングウェイの救援活動、詩人ロルカの死などから神話も生まれた。欧米の作家たちが理想を託して参加した結果、今日まで圧倒的に敗者（人民戦線）の側から熱く語られてきた。

しかし内戦の全体像には、最近まで不明な点が多々あった。旧ソ連の史料も、本国スペインの史料も、長らく公開されなかったからだ。著者はこれら膨大な記録文書を読みこんだ。そして兵士たちの目線に立って、両陣営を公平に見渡し、それぞれの陣営の内紛や内ゲバから起こった血みどろの戦いにいたるまで、バランスのとれた通史を描ききった。臨場感に溢れ、戦記物に長けた著者の面目躍如である。スペインはじめ欧米でベストセラー。

「この数十年のあいだに発表された最善の通史」（スペインの『エル・ムンド』紙）。

A5判　総五九二頁　上三九九〇円、下三七八〇円（税込）

ドイツを焼いた戦略爆撃

1940-1945

イェルク・フリードリヒ
香月恵里訳

第二次世界大戦中に英米軍がドイツ全土に加えた史上空前の空爆は、延べ四〇〇〇回、死者数は六〇万人に上ると言われ、そのうち七万五〇〇〇人が子供であった。しかし戦後、ナチによる犯罪の贖罪に一貫して努めてきたドイツでは、これが国民の苦しみとして語られることはほとんどなかった。封印は二十一世紀に入ってからようやく解かれ、そのきっかけとなったのが本書の刊行である。

英米軍の空襲はドイツの敗色濃厚な戦争末期に集中した。軍事目標への精密爆撃はやがて人口密集地での絨毯爆撃に変わり、火災嵐を起こして焼き尽くす作戦が最も効率的とされた。この現代戦の歯車はいかにして回り、逸脱していったのか。容認される大量殺人はあるのか。戦争犯罪とは何か。

戦後の軍事裁判で、空爆による民間人殺害が法的審査を受けることはなかった。ゲルニカから広島・長崎に至り、現在も終わらない空爆の歴史を考察する上で重要な一冊である。

A5判　五二〇頁　六九三〇円（税込）

解離の病歴

ピエール・ジャネ
松本雅彦訳

力動精神医学の第一人者、ピエール・ジャネ。フロイトと同時代に活躍し、下意識、解離、心的エネルギーなどの重要概念を生み、十九世紀のもっとも卓越した臨床家といわれた。本書はジャネ自身が関与した症例から訳者が精選した五症例を集めたものである。

記憶喪失のイレーヌ、コレラ恐怖のジュスティーヌ、別人格をもつリュシー、悪魔憑きのアシール、摂食障害のナディア……。今日でいうところの、心的外傷をうけた出来事の記憶喪失とフラッシュバック、解離性障害と統合失調症の鑑別、多重人格障害における副人格の出現、ヒステリーと感覚麻痺、成熟拒否の強迫観念等が見事に現れたこれらの症例は、古典的範例として多大な影響を与えた。

豊かな症例を水脈とするジャネの理論は、現代に通用する実践性を備えているといえよう。精神療法黎明期の症例報告であると同時に、臨床における症例の重要性を教えてくれる、精神医学の源流がここにある。

四六判　二四八頁　三九九〇円（税込）

富岡日記

《大人の本棚》

和田　英
森まゆみ解説

著者・和田英が明治四十年頃、病気の母を慰めるために書きはじめた本書は、群馬県富岡につくられた官営富岡製糸場の伝習工女として、著者十六歳の明治六年、同郷の長野県松代の女子十五名とともに出立し、技術の習得につとめた一年数か月の日々の回想を主としている。

その観察眼の鋭さ、十代の女性の揺れ動く心、それらを生き生きととらえた瑞々しい文章——本書は、当時の製糸場やそこに関わった人々の様子や生活を知るための貴重な資料であるだけではない。幕末から明治を生きた一族の歴史を背景とし、「繰婦は兵隊に勝る」（初代場長・尾高惇忠のことば）を支えとして、近代の礎の時代を生きた一人の女性の物語である。

世界遺産の候補地として今日もその姿をとどめる富岡製糸場に似て、時代の中で浮沈を繰り返しながらも、百年以上のちの今も読み継がれる書を、著者は残した。

四六判　二〇八頁　二六二五円（税込）

最近の刊行書

——2011年3月——

A. クラインマン他　坂川雅子訳　池澤夏樹解説
他者の苦しみへの責任——ソーシャル・サファリングを知る　予 3570円

P. テイヤール・ド・シャルダン　美田稔訳
現象としての人間 新版　4410円

アシア・ジェバール　石川清子訳
愛、ファンタジア　4200円

楠 明子
メアリ・シドニー・ロウス——シェイクスピアに挑んだ女性　3360円

岡田温司編
ジョルジョ・モランディの手紙　予 4200円

ウリオール・ブイガス　稲川直樹訳
モデルニスモ建築　5880円

トルケル・フランチェン　田中一之訳
ゲーデルの定理——利用と誤用の不完全ガイド　3675円

＊＊＊

—書評で話題の本・好評重版—

荒廃する世界のなかで　トニー・ジャット　2940円
なぜ科学を語ってすれ違うのか——ソーカル事件を超えて
ジェームズ・R. ブラウン　3990円
生命の跳躍——進化の10大発明　ニック・レーン　3990円

＊＊＊

月刊みすず　2011年3月号

ハッピーバースデー、シューマン！・ローゼン／新連載・ライファーズ、償いと回復の道標・坂上香／連載・賛々語々・小沢信男／メディアの現在史・大谷卓史／臨床再訪・中井久夫 ほか　315円（2011年3月1日発行）

msz みすず書房
http://www.msz.co.jp
東京都文京区本郷5-32-21　〒113-0033
TEL. 03-3814-0131（営業部）
FAX 03-3818-6435

表紙：ジョバンニ・ベリーニ　※表示価格はすべて税込価格（消費税5%）です．

夫が妻から他の女に「心変わり」するというのは？　楽しみかしら、
そうでしょうね。持って生まれた性質なのかしら、
それもそうでしょうね。身を誤るのは心の弱さからかしら。
それもそうだわ。だとしたら、私たち女にだって男と同じように
恋心もあるし、楽しみたい気持ちも心の弱さもある。
だったら、私たちを大事にするか、さもなければ教えてやるんだわね、
私たちの犯す過ちは夫が教えたものだとね。　（『オセロー』四幕三場、九六―一〇六行）

エミリアとパンフィリアは、置かれている状況も彼女たちの身分も異なるが、男性と同じように女性に自らの行為を選択して行動に移す「主体性」があることを主張している点では同じである。(7)アンフィランサスの抱く嫉妬には「理由がない」、「根拠がない」と強く言い張るパンフィリアの言葉には、オセローから不貞の疑いをかけられて理不尽な非難の言葉を浴びせられても、自分の想いを言い返すことのできなかったデズデモーナの気持ちが代弁されているように思われる。さらに、パンフィリアの「理由がない」（"noe cause"『ユーレイニア第二部』四四頁）という言葉には、女性の「主体性」には全く配慮せず、自分の想いから一方的に女性の気持ちを判断する当時の男性、特にオセローのような男性に対する抗議の気持ちが汲みとれる。

アメリカのシェイクスピア学者のキム・ホールが論じているように、ロウスによるロドマンド

ロの描写には、確かに曖昧なところがあり、「白」の「黒」に対する優越性が窺える箇所もある。(8)しかし、「白」に劣っていると一般にみなされていた「黒」が、実は「白」の優位性を脅かすほどの魅力を有している面もあるとして描かれていることは明らかである。しかも、イアゴーがオセローに嫉妬を抱く場合と異なり、アンフィランサスはロドマンドロに嫉妬はしても、彼の黒い肌に軽蔑的な態度をとることは全くない。また、パンフィリアとロドマンドロの結婚話がもちあがった時に、『ユーレイニア』の中では誰も白人女性と肌の黒い男性の異人種間の結婚を問題としていない。この点で、当時の女性作家が男性作家と同じように、黒い肌の人物を白人より低く位置づけて描いているとするホールの考えは、ロウスの場合は必ずしも妥当とは言えない。

アンフィランサスは、黒い肌の異文化の男性であるロドマンドロに自分に欠けている資質を認識し強い嫉妬を抱く。ロウスが描くアンフィランサスのロドマンドロに対する激しい嫉妬の感情には、当時の「旅行記」の多くに垣間見られる異文化の男性、特にトルコを中心とするイスラム圏の男性に憧れと脅威を同時に感じながらも、白人優位の価値観を築こうとする白人旅行者に対する批判がみられる。

一方、アンフィランサスはといえば、女性の「主体」について相変わらず全く理解できず、結婚というかたちをとればパンフィリアを独占できると思い込み、二人の結婚を望む。

「僕のことを非難しないでほしい、愛しい人」とアンフィランサスが言った。「僕たちが恋人同士の関係でいる限り、僕は疑いをもつ。愛というものは決してほどけることのない結び目で結ばれて初めて、愛情の最高位に達したことになるもの。だから、この結び目で結ばれよう、そうすれば僕が君を疑うことなど決してなくなるだろうし、僕たちの愛も完璧な愛となり、嫉妬なんてつまらない感情に邪魔されることはない」

（『ユーレイニア第二部』四五頁）

パンフィリアはこのような「理由」で結婚することには疑問を感じながらも、アンフィランサスの嫉妬を和らげるために、彼との結婚に同意する。二人の結婚は教会で行なわれる正式のものではなく、数人の親しい友人たちを証人として行なわれた一種の「秘密結婚」（*marriage per verba de praesenti*）である。この形の結婚は一七五三年の法律で違法となるが、十六・十七世紀のイギリスでは教会での正式な結婚が事実上不可能な状況もしばしばあり、複数の証人を前に誓われた結婚は、常に議論の対象ではあったが、法律的には認められていた(9)。アンフィランサスは、秘密結婚によって自分が彼女の所有者となれば、疑いや嫉妬の原因はすべて消えてなくなる、と有頂天になって喜ぶ。

「（秘密）結婚すれば、すべての疑惑は取り除かれる」。アンフィランサスはパンフィリアに言った。「僕が確実に、何よりも望む女性の唯一の所有者であることを、確信できれば」

（『ユーレイニア第二部』四五頁）

このように考えるアンフィランサスに対し、メアリ・ロウスは二つの問題点を提起している。一点は、アンフィランサスがパンフィリアを、無意識とはいえ所有することのできる「物」とみなし、オセローがデズデモーナに対して思ったように、結婚によって彼女の身体も心も独占できると錯覚していること。もう一点は、「結婚」が二人の心の変化を防ぐことができるとアンフィランサスが思い込んでいることである。これらの二点は、この後のストーリーの展開に大きく関わってくる。

一方、この秘密結婚式後、宮廷人たちは連日ロドマンドロ歓迎の行事に興じていたが、ある日、ロドマンドロが自国タータリアの仮面劇を上演することになる。この仮面劇は、欲望を体現するキューピッドと真の愛を体現する「名誉」との対立がテーマであり、最後には「名誉」が勝利する。この場で勝利を収める「名誉」を体現するのはアンフィランサスではなく、ロドマンドロである（『ユーレイニア第二部』四六―四九頁）。

3

アンフィランサスとロドマンドロが去った後、パンフィリア王国はペルシャからの攻撃の危機にさらされ、女王パンフィリアは隣国に助けを求める。この時も、直ちに援軍を率いてやってくるのはロドマンドロのほうであり、アンフィランサスは遅れて到着する。また、支援してくれるのは男性の為政者だけではなく、パンフィリアの親友のフィルジア女王ヴェラリンダも援軍を率いて直ちに駆けつける。援軍のおかげでパンフィリア王国は危機を脱するが、アンフィランサスはパンフィリアと「秘密結婚」をしていたにもかかわらず、この時すでにスラボニア王女と結婚してしまっている。イギリス・ルネサンス期の文化では「不実」(“Inconstancy”)は女性の特徴と一般にみなされ、詩や劇においてしばしば言及されている。そうした文化の中で、ロウスは『ユーレイニア』の中で「不実」についての考えを、書き換えている。本書の第一章で扱ったように、『ユーレイニア』においては「誠実さ」(“Constancy”)こそが女性の「主体」の構築の重要な要因となっているのだ。

パンフィリアはアンフィランサスのたび重なる裏切りに深く傷つく。そんな矢先、援軍を率いてパンフィリア王国を訪れていたロドマンドロは、長い間のパンフィリアへの想いに決着をつけようと、彼女のもとにやってくる。ロウスはこの時のパンフィリアの様子を次のように描く。

ロドマンドロがパンフィリアのところに行くと、彼女はこよなく愛するたくさんの本や自らの書き物に囲まれ、一人でいた。彼が近づいてくるのを知ると、パンフィリアは「書き物」を自分の「手箱」の中に入れ、立ち上がってロドマンドロを迎える。

(『ユーレイニア第二部』二七〇―七一頁)

求婚される女性が読書と創作をこよなく愛し、しかも本や紙に囲まれて創作をしているという設定は、この時代のフィクションのなかの女性の描写としては他に例をみない。

ロドマンドロは、オセローを想わせるような単刀直入な表現でパンフィリアへの想いを告げる。

「美しい人」、彼は言った。「タータリア人は弁舌には長けてはいない率直な無骨者です。でも、私たちの心は真実と忠実さに満ちています……黒い肌の私たちが美しい女性の愛情を得たいと思うのは、おごりだということはよくわかっています。特に私の野心は、美しいだけではなく、類まれな女性の愛を得たいというのですから。でも、私は愛によってあなたを征服するのではなく、あなたに受け入れてほしいのです」

（『ユーレイニア第二部』二七一頁）

ここで注目したいのは、オセロー、ロミオ、『から騒ぎ』のベネディックといったシェイクスピア劇のヒーローとは異なり、ロドマンドロはパンフィリアを征服すべき「他者」とは考えていないこと、また彼女に対する自分の愛情を、男らしさと矛盾するものとはみなしていないことである。

一方パンフィリアは、アンフィランサスの裏切りに対する悲しみを胸に秘め、本と孤独が自分の最良の伴侶だと言って、婉曲にロドマンドロの結婚の申し込みを断わろうとする。

私は悲しみの只中にあり、また悲しい人生を過ごそうと心を決めました。私はあなたの愛を受け入れるに値しません。本と独りでいられることだけが、不幸な日々を過ごす私が望む仲間なのです。

（『ユーレイニア第二部』二七一頁）

しかし、ロドマンドロはひるまない。

読書を愛してください。本を読むあなたを見ることで、私の喜びは得られるのですから。……独りでいてください。あなたに同伴させてくだされば、私は満足なのです。あなたが荒野や森を散歩する時、蛇や野獣があなたを襲わないように守ります。お望みなら、私は遠く離れています。でも、あなたが見える範囲のところにいさせてください、あなたのお役に立てるように。

（『ユーレイニア第二部』二七二頁）

自分の人生が思いどおりに進まず悲しみに沈むパンフィリアは、読書と創作に自己を燃焼させることで自己形成をしようとしている。それに対してロドマンドロは、読書や創作といった彼が入りこめないパンフィリア個人の「領域」があることを認めて、彼女をそのまま受け入れると言っている。イギリス・ルネサンス期のフィクションの中で描かれた男性の中で、ロドマンドロは、男性には入っていけない女性の「私的領域」を認め、かつその女性を愛することのできる唯一人の男性であるように思える。当時の自己認識の強い女性にとっては理想的ともいえる男性が、自分の属する白人文化には存在しないことを示唆するかのように、ロウスはロドマンドロを異邦人の黒人として描いているのである。

ロドマンドロの熱意と、ペルシャ軍の攻撃に対し彼が援軍を送ってくれたことへの感謝の気持ちから、また父モーリア王の強い勧めもあって、結局パンフィリアは自分の気持ちに反して彼の求婚を受け入れる。しかし、パンフィリアがあくまでも自分の意思で結婚に同意したとナレーターは繰り返し述べている（『ユーレイニア第二部』二七四頁）。同時に、パンフィリアの外面と内面との間に亀裂が生じたことも、ロウスは明らかにしている。というのは、パンフィリアはロドマンドロの人間的なすばらしさを認めてはいるものの、彼女の想いは依然として「欠陥」は多いが魅力があるアンフィランサスに向いているのだ。本書の第一章で扱った「身体」と「自己」が乖離した恋する女の一人に、パンフィリアもなるのである。

パンフィリアとロドマンドロの絢爛豪華な結婚式の後、モーリア宮廷に残されたパンフィリアの唯一のなぐさめは、独りで森を散策しながら自分の想いを確認することである。森に入るなり、それまで抑えていた感情が一気にこみ上げてきて、彼女は二時間以上泣きつづける。時にはさめざめと、時には大声をあげて泣く（『ユーレイニア第二部』二七九頁）。

その後パンフィリアは、彼女の運命がそうであったように「奇妙で変わった」詩を書きはじめる。「悲しみや運の悪さ」にこんなに打ちひしがれなかったら、決して書かなかったような詩を書くのである（『ユーレイニア第二部』二七九頁）。

アンフィランサスとの別れという彼女にとって最も大きな悲しみを経た後、彼女のエネルギーは創造力に変わり、詩の創作をはじめる。戦争やら自分の結婚式やらで彼女はしばらく詩作を中断していたが、このように悲しみにとりつかれ、そして一人になった時、彼女の創造力がまた活動しはじめるとロウスは描いている。パンフィリアのアンフィランサスに対する想いは永遠に満たされることはないが、「欠落」の意識は彼女を創作に向ける。ポスト・モダニズムの哲学者ジャック・ラカンの「欠落」に関する文化理論を、メアリ・ロウスは三世紀前に先取りしていたようにも思われる。創作によって、誰からも支配されず、誰にも与えない「自己」を構築しようとするパンフィリアを、メアリ・ロウスはこのエピソードのなかで見事に創りあげているのだ。[10]

4

シェイクスピアが描くオセローは、劇の冒頭ではその勇猛果敢さが白人たちから賞讃される武将であり、ヴェニス共和国の戦略にとって欠かすことのできない存在である。しかし、アントニー・バースレミイが指摘しているように、結局オセローは、彼が必死に逃れようとしていた当時の「黒」のステレオタイプに変貌してしまう。[11]『ユーレイニア』では、当時の社会が理想とする男性像は皮肉なことに、一般に悪や罪と結びつけられていた「黒い肌」をもつロドマンドロによって体現されている。しかもそのロドマンドロをパンフィリアは尊敬はしても、アンフィランサスへの愛を貫くという筋の運びになっている。このように、当時一般的であった結婚した女性に対するジェンダー観にも、黒い肌への違和感を基本にした異文化観にも支配されない女性の「主体」を、ロウスはパンフィリアを通して描いている。

さらにロウスは、ジェンダー観においても異文化観においても当時の白人の男性文化に包含されないパンフィリアという女性の目を通して、アンフィランサスとロドマンドロという互いに

「異文化」に属する男性の主体をも探究している。こうしたロウスの姿勢には、シェイクスピアによるデズデモーナの描写においても、また女役が少年俳優によって演じられた当時の劇場の状況においても、真の意味では女性不在の作品であった『オセロー』に対する「挑戦」の意識が垣間見える。

『ユーレイニア』におけるロウスの視点から『オセロー』を見ると、ジェンダー観においても異文化認識においても、いかにこの作品が当時の白人男性文化の考え方を反映したものであるかがはっきりとしてくる。そして、ほぼ同時代に、そのような男性の目から見た女性像と異文化観に違和感をもち、自らの筆で書き換えをしたメアリ・ロウスという女性作家の存在の重要な意味が明らかになる。

ヴァージニア・ウルフは『私だけの部屋』（一九二九）の中で、十九世紀以前のイギリスのフィクションに登場する女性は、男性の目から見られたものか、あるいは男性との関係を通して描かれたものばかりだと言っている。しかし、実際はそれより約二世紀以前に、女性の目から見た女性と男性を描こうとした女性作家ロウスが存在していたのである。さらに加えると、メアリの夫ロバート・ロウスが亡くなる前に書いた遺書の中で、妻に残す物のリストの中にメアリの「個室」が入れられている。(12) メアリは夫の死後、充分な遺産を残してもらえず生活には苦労したが、ウルフが生活費以外のもので女性の執筆活動に不可欠なものとして挙げている「私だけの部屋」を、夫が亡くなる一六一四年以前から所有していたのである。

本章は以下の口頭発表と刊行論文を基盤としている。

・「'What is the cause that you thus sigh?': *Urania* と *Othello* における異文化認識」、第四十二回シェイクスピア学会〔二〇〇三年十月、於：金沢大学〕「特別講演」。

・「'What is the cause that you thus sigh?': *Urania* と *Othello* における異文化認識」、東京女子大学『英米文学評論』第五〇巻（二〇〇四年）、五九―七四頁。

注

（1）当時のロマンス一般については、以下を参照。Paul Salzmon, *English Prose Fiction 1558–1700: A Critical History* (Oxford: Clarendon, 1985); Caroline Lucas, *Writing for Women: The Example of Woman as Reader in Elizabethan Romance* (Milton Keynes: Open University Press, 1989); Helen Hackett, *Women and Fiction in the English Renaissance* (Cambridge: Cambridge University Press, 2000); Helen Cooper, *The English Romance in Time: Transforming Motifs from Geoffrey of Monmouth to the Death of Shakespeare* (Oxford: Oxford University Press, 2004); Mary Ellen Lamb, *The Popular Culture of Shakespeare, Spenser and Jonson* (Abingdon: Routledge, 2006); Mary Ellen Lamb and Valerie Wayne eds., *Staging Early Modern Romance: Prose Fiction, Dramatic Romances and Shakespeare* (New York: Ashgates, 2009).

(2) Thomas Dallam, *The Diary of Master Thomas Dallam (1599–1600)*, in *Early Voyages and Travels in the Levant*. With an introduction and notes by J. Theodore Bent (London: The Hakluyt Society, 1893); William Binddulph, *The Travels of Foure Englishmen and A Preacher* (London, 1612); George Sandys, *A Relation of a Journey* (1615). 特にSandysの『旅行記』は人気が高く、十七世紀に九版が刊行されている。

(3) Roberts ed., *Urania* I, p.xliv.

(4) Roberts ed., *Urania* II, p.476, Commentary.9.6.

(5) Henry Blount, *A Voyage to the Levant* (London, 1637), P.68. タータリアを現在のシリア辺りとみなす説もあり、マーガレット・タイラー（Margaret Tyler）が英訳したスペインのロマンス『騎士道の鑑』（*The Mirrour of Princely deedes and Knighthood* (c. 1579)）では、タータリア人の顔の色は浅黒い（"tawny"）と描写されている。

(6) Miller, "Engendering Discourse: Women's Voices in Wroth's *Urania* and Shakespeare's Plays", in *Reading Mary Wroth*, p.162.

(7) もちろん、ここでエミリアが正当化しているのは女性の逸脱行為であり、その点ではパンフィリアの主張とは異なる。Naomi J. Miller は、『ユーレイニア』の中のヴェラリンダに『オセロー』の中のエミリアが投影されているとみなす。Miller, '"Not much to be Marked": Narrative of the Woman's Part in Lady Mary Wroth's *Urania*', in *Studies in English Literature 1500–1900*, 29 (1989), p.132.

（8）キム・ホールが指摘するように、ロドマンドロを賞讃する表現にはたびたび「黒いけれど」といった婉曲用法が用いられている（Kim F. Hall, *Things of Darkness: Economics of Race and Gender in Early Modern England* (Ithaca: Cornell University Press, 1995), pp. 204–210）。しかし、黒い肌に対するロウスの価値観が当時の文化の中で構築されているものの、むしろ彼女の新しい視点に注目すべきである。ただし「黒い肌」の女性に対しては、ロウスの態度は「黒い肌」の男性に対するのと少し異なる。『ユーレイニア一部』のキプロス島の「愛の館」では、ヴェラリンダの侍女が見る幻影の中に、彼女の恋人のアリマーラスと抱擁している黒い肌の女性が現われる。ここには確かにホールが論じるように、白人女性が異文化の黒人女性に感じる脅威が表象されている（Hall, p.188）。

（9）Henry Swinburne, *A Treatise of Spousals or Matrimonial Contracts* (London, 1686). B. J. Sokol and Mary Sokol, *Shakespeare, Law, and Marriage* (Cambridge: Cambridge University Press, 2003), pp.13–18をも参照。

（10）Sheila T. Cavanagh は“‘The Great Cham’: East Meets West in Lady Mary Wroth's *Urania*’, in *Mary Wroth*, ed. Clare R. Kinney, Ashgate Critical Essay on Women Writers in England, 1550–1700, Vol. 4 (Farnham: Ashgate, 2009), pp. 135–151において、タータリア王国とロドマンドロは当時ヨーロッパにとって大きな脅威であったトルコの勢力を表象しているとし、ロドマンドロのパンフィリアとの結婚は西洋のキリスト教圏がイスラム圏の東洋に圧倒されていく状況を描いていると論じている。しかし、ロドマンドロはあくまでも西洋文化に存在しない「美しさ」「崇高さ」を表象しており、西洋とイスラム圏との戦いという政治的要素は、このエピソードに関しては入れられていない。

(11) Anthony Gerald Barthelemy, *Black Face, Maligned Race: The Representations of Blacks in English Drama from Shakespeare to Southerne* (Baton Rouge: Louisiana State University Press, 1987), pp. 150-51.

(12) Hannay, *Mary Sidney, Lady Wroth*, p.171.

4　優雅で勇敢な若者、フェア・デザイン——「庶子」の位置づけ

1

一六二一年に『ユーレイニア第一部』が出版され、社会から激しい批判を受けたにもかかわらず、メアリ・ロウスは『ユーレイニア第二部』を書き始めた。メアリ・ロウスの『伝記』の著者マーガレット・ハネイは、ロウスがウィリアム・ハーバートとの間に庶子を産んだ後、一六二四年頃に執筆しはじめたのではないかという説を唱えている。(1)『第二部』の手稿は、現在はシカゴのニューベリー図書館に保管されているが、一九九九年に世界で初めてアメリカで刊行された。『第二部』の登場人物は、『第一部』の登場人物とほとんど重なっているが、『第一部』の時代から時を経ていることは明らかで、『第一部』の登場人物の子供や次世代の若者たちが重要な場で活躍する。とりわけ『第一部』と大きく異なるところは、「庶子」や異文化の人種といった、『第一部』では周辺的な領域で扱われていた人物の描写に新しい光が当てられていることである。

前章では黒い肌と異文化の表象を中心に論じたが、本章では、『ユーレイニア第二部』に登場する「庶子」の描写の意義を、シェイクスピア劇に登場する「庶子」の表象と比較しながら考察する。

2

『ユーレイニア第二部』では、「庶子」が好意的な描かれ方をされている場面が多い。中でも最も注目に値する人物は、フェア・デザインである。この名前の文字通りの意味は「美しい構図」であるが、この名前は「気高い行動をする人間として創られた」男性を意味する、と本文で説明されている(『ユーレイニア第二部』三二七頁)。フェア・デザインの冒険物語を語るナレーターは、「人間が見ることのできる最も華麗で優雅な若者」(『ユーレイニア第二部』二九七頁)とか、騎士道精神の鑑といった表現を用いて、彼を読者に紹介する。この若者は物語の中心人物であるアンフィランサスに初めて会った時、自分は両親に会ったこともないし、両親の名前すら知らないが、胸に暗号があり、その名前の女性か、あるいは同じ暗号をもつ女性と出会った時、自分が何者なのかを知ることができると述べている(『ユーレイニア第二部』二九七頁)。

フェア・デザインにとってアンフィランサスは憧れの的であり、ナイトの称号はアンフィランサスから付与してほしいとかねてから願っている。彼は、アンフィランサスが関わるボヘミア一帯の内戦に加わり手柄を挙げ、望み通りアンフィランサスからナイトの称号をもらう。アンフィランサスもフェア・デザインの武勇を認めるが、『ユーレイニア第二部』の終わりの部分で二人はまた離ればなれになってしまう。フェア・デザインはキプロス島で戦いながら必死にアンフィランサスを探し、彼に再び会えたら二度と離れない決意をする。しかし『ユーレイニア第二部』は、アンフィランサスがフェア・デザインの勇猛果敢な戦いぶりを聞き、それに対する反応の言葉を発するところで中断している。「アンフィランサスが大変に」（'Amphilanthus wa[s] extremely'）という表現で始まる文章は完結せずに終わっているので、フェア・デザインの戦場での働きを聞いたアンフィランサスが、実際にどのような反応をしたのかは永遠の謎となってしまった〔図7〕。

『ユーレイニア第二部』全体の文脈で考えると、フェア・デザインはパンフィリアとアンフィランサスの間に産まれた「庶子」であるようだ。研究者の間では、フェア・デザインのモデルはメアリ・ロウスの「庶子」ウィリアムとみなすのが通説になっている。このウィリアムは、認知こそされなかったものの、父はメアリの従兄で恋人でもあった第三代ペンブルック伯ウィリアム・ハーバートである。フェア・デザインが一貫して理想の「男性性」の体現者として、かつアンフィランサスの強力な支援者として描かれている背景には、ウィリアム・ハーバートに自分の息子のウィリアムを実子として認知してほしいと願うメアリの想いがあったのかもしれない。ハーバートがメアリの息子ウィリアムを認知してくれれば、息子ウィリアムは政治的にも財政的にも第三代ペンブルック伯の恩恵を受けることができたはずだ。嫡男のいないハーバートの膨大な

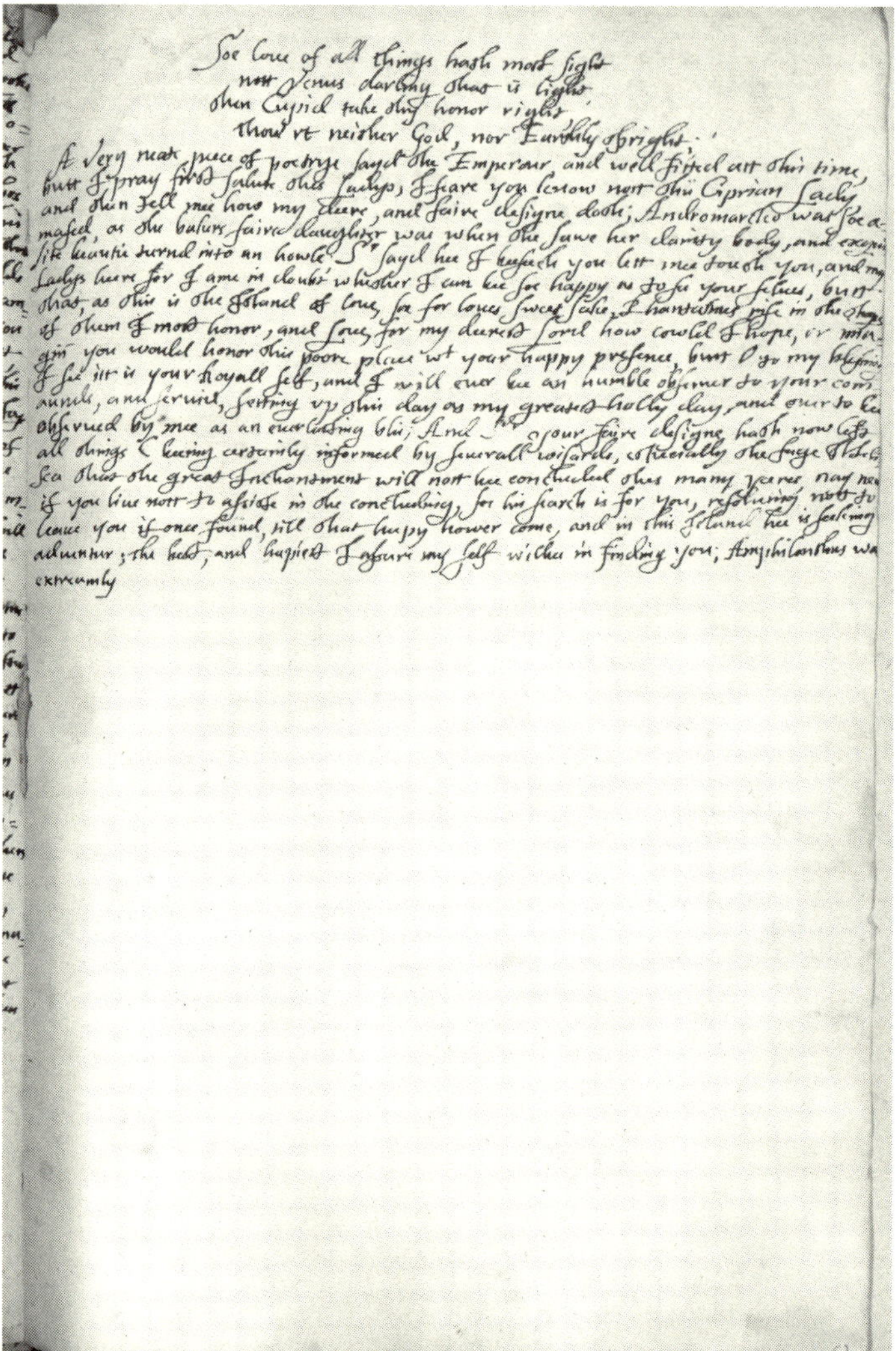

Soe Love of all things hath most sight
nott Venus darling that is light
then Cupid take thy honor right
thou'rt neither God, nor Earthly spright.
A very neat piece of poetrye sayd the Emperour, and well fitted att this time, butt I pray first salute thes Ladys, I feare you know nott this Ciprian Lady and then tell mee how my deere, and faire desygne doth; Andromarcho was soe amased, as the Bakers faire daughter was when she sawe her dainty body, and exquisite beautie turnd into an howle S[r] sayd hee I beseech you lett mee touch you, and my Ladys heere for I ame in doubt whether I can bee soe happy as to see your selves, butt that, as this is the Iland of Love, soe for Loves sweet sake, I [illegible] rise in the shapes of them I most honor, and Love, for my deerest Lord how could I hope, or imagin you would honor this poore place wt your happy presence, butt O to my blessing I see itt is your Royall self, and I will ever bee an humble observer to your commands, and servant, setting up this day as my greatest holly day, and ever to bee observed by mee as an everlasting bliss; And S[r] your faire desygne hath now left all things (being certainly informed by severall wisards, especially the sage [illegible] Sea that the great Inchantment will nott bee concluded thes many yeares nay never if you live nott to assist in the concluding, for his search is for you, resolving nott to leave you if once found, till that happy hower come, and in this Iland hee is seeking adventur; the best, and happiest I assure my self wilbe in finding you; Amphilanthus was extreamly

図 7　『ユーレイニア第二部』の手稿の最後の部分（ニューベリー図書館所蔵）
Photo Courtesy of The Newberry Library, Chicago [Case MS fy 1565 W95]

領地と富を相続する可能性も全くないわけではない。

しかし、フェア・デザインを有能で頼もしい青年としてロウスが描いた理由は、庶子である息子のウィリアムに財政的な安定と政治的な地位を確保しようとするロウスの思惑だけではなかったと考えられる。ジョセフィン・ロバーツが『ユーレイニア第一部』の解説で述べているように、『ユーレイニア』の根底には、ヨーロッパ大陸のプロテスタントによる神聖ローマ帝国樹立という願望がある。(2)『ユーレイニア第一部』が刊行された一六二一年には、プロテスタント信仰を基盤にヨーロッパ大陸を統一しようとするアンフィランサスの描写は、プロテスタントの立場を明白にすることを避けるジェイムズ国王への痛烈な批判と読みとることができた。イギリス国内では、今やボヘミア王妃となったジェイムズの娘のエリザベスと夫のフレデリックを支援する動きが激しくなっていたにもかかわらず、ジェイムズは政治的・財政的支援を娘夫婦にさしのべることを一切拒絶していた。

『ユーレイニア第二部』で「庶子」のフェア・デザインがアンフィランサスに初めて出会うのは、パンフィリアの両親であるモーリア国王と王妃を訪問していたボヘミア国王の伴をして、ボヘミアに帰る途中のことであった。さらに、『ユーレイニア第二部』にはボヘミアに関わる「庶子」がもう一人登場する。ボヘミア国王から騎士の称号を与えられるアンドロマルコである。アンドロマルコはキプロス国王ポラーコスの「庶子」ではあるが、彼の場合は国王から認知されているので、正式にキプロス王子である。アンドロマルコはフェア・デザインとよく似ていて、フエア・デザインと同様に容姿が美しく武勇に長けた青年で、アンフィランサスを尊敬し賞賛している。アンフィランサスはアンドロマルコをフェア・デザインの「伴」にして、「悪人」たちを相手に戦いを繰り広げる。

　アンドロマルコについてはフェア・デザインと同様に、メアリの「庶子」ウィリアムが重ねられていると思われる。ポラーコスが実子と認知している「庶子」のアンドロマルコを登場させることで、ウィリアム・ハーバートに彼女の息子のウィリアムを認知させようとしたのかもしれない。『ユーレイニア第二部』に登場するボヘミア国王オロランダスは、ハンガリー女王メラシンダの夫であり[3]、モーリア王国で行なわれたパンフィリアとタータリア王ロドマンドロとの結婚式に出席した後、プラハへの帰路にある。その途中で「悪人」たちの襲撃に遭い、メラシンダ王妃は人質として捕らえられる。フェア・デザインは、「悪人」たちと戦っているボヘミア国王が支援を必要としていることをアンフィランサスに知らせ、ボヘミア王と王妃を救済するために戦うアンフィランサスを助ける。フェア・デザインはこの戦いで並はずれた武勲を立て、アンフィランサスはことのほか喜ぶ。

　『ユーレイニア第一部』が刊行される二年前の一六一九年、ボヘミア国王となったフレデリックと王妃エリザベスは、ハプスブルクのカトリック勢力との戦いの只中にあり、特にプロテスタント国イギリスからの援助を必要としていた。イギリス国内では急進的なプロテスタントがジェイムズ国王に、エリザベスへの支援を強く訴えたが、ジェイムズ国王は、支援をすることによりプロテスタントとしての立場を明らかにするのを避けるために、相変わらず支援の要請には応じなかった。『ユーレイニア第二部』に登場するフェア・デザインとアンドロマルコと呼ばれる二人の「庶子」は、ヨーロッパのプロテスタントの理想を体現する人物として描かれ、アンフィランサスが「悪」と戦うなかで、庶子という出自にもかかわらず大活躍をしてアンフィランサスの助けとなる。メアリ・ロウスはこのエピソードを『ユーレイニア第二部』に入れることにより、自分の庶子のウィリアムが、イギリスのプロテスタントの代表格であった実の父ウィリアム・ハーバートの強い支援者になり得る可能性を示唆しているように思われる。

また、アンフィランサスはウィリアム・ハーバート第三代ペンブルック伯と重ねられていると一般にはみなされている。アンフィランサスは『ユーレイニア第一部』でヨーロッパの神聖ローマ帝国皇帝となるが、このタイトルは、史実では、短期間ではあったもののエリザベス王女の夫である選帝侯フレデリックに与えられたものでもある。第六章で詳しく述べるが、『ユーレイニア』の中のアンフィランサスにはボヘミア王フレデリックも重ねられている。カトリシズムという「悪」と戦うアンフィランサス／フレデリックを強力に支援する若者は、二人とも「庶子」である。この設定を通してメアリ・ロウスは、息子のウィリアムが「庶子」ではあっても、ヨーロッパにおけるプロテスタント王国樹立のために大きな力となることを訴えているように思われる。「庶子」ウィリアムを産むことによりロウスは、間接的にではあっても、当時のイギリスおよびヨーロッパの宗教・政治に関わる力を持つことにもなった。メアリ・ロウスは『ユーレイニア第二部』というロマンスの創作を通して、自らのプロテスタントとしての立場を明白にしているのである。

3

シェイクスピアの劇にも「庶子」を扱う作品があるが、ほとんどの場合、「庶子」は悪役として登場する。『リア王』(一六〇五)の中のエドマンドと『から騒ぎ』(一五九八)に出てくるドン・ジョンがその典型である。エドマンドはグロスター伯の一時の遊びの結果生まれた「庶子」であるために、その魅力的な容姿にもかかわらず、嫡男エドガーのような身分も地位も保障されない。庶子に対する理不尽な法律に怒りを抱いているエドマンドは、「負」の存在しか与えられていない自分を輝かせるため、兄のエドガーばかりか実の父親の失脚までねらい、『リア王』という悲劇の発端をつくる悪人として描かれている。『から騒ぎ』に登場するドン・ジョンも「庶子」という立場のために、兄のアラゴン王子ドン・ペドロのように政治に関わる力を与えられないため、その復讐を、周りの人々を不幸に陥れることで果たそうとする。

ところが、シェイクスピアの初期の「歴史劇」には、「庶子」の表象において他の劇とは異なる作品が一つある。『ジョン王』(一五九五―九七)である。獅子心王と呼ばれたリチャード一世の弟のジョンは、マグナ・カルタを承認したことで有名なイングランドの国王であるが、シェイクスピアの劇では、優柔不断で性格の弱い王として登場する。

ローマ教皇を始めとするカトリック勢力を援軍にするフランスは、イングランド王位をジョンの亡兄の長男アーサーに渡すべきと主張し、英仏の王位簒奪戦が繰り広げられる。王位の正統性をめぐる戦いと並行して、フォークンブリッジ家の世継ぎをめぐる争いが展開されている。フォークンブリッジの長男のフィリップ・フォークンブリッジは、実はリチャード一世の「私生児」（「バスタード」と劇中呼ばれる。以下「私生児」）であることが判明し、フォークンブリッジ家の世継ぎの権限を弟に渡し、その代わりに彼はサー・リチャード・プランタジネットという新たな名前とナイトの称号をもらう。「庶子」に関するこのエピソードは、シェイクスピアが材源に用いたホリンシェッドの『年代記』（一五八七年版）にはない。しかし、一五九一年に出版された、作家不詳の二部作『乱世のジョン王』という劇には、「私生児」（バスタード）という人物が登場する。シェイクスピアの劇とこの劇は大筋では似ているが、互いの関係については未だにはっきりしていない。シェイクスピアが二部作の劇を改作して『ジョン王』を書いたという説もある。シェイクスピアによるこの歴史劇のおもしろいところは、プロテスタントの信条を掲げて活躍するのが、劇の題名となっているジョン王ではなく、「私生児」と劇中呼ばれているサー・リチャードであるという点にある。一幕二場で弟のロバート・フォークンブリッジが、兄フィリップは庶子なので跡継ぎにはなれないとジョン王に訴える。「私生児」は実母のレイディ・フォークンブリッジに真実を確かめ、自分の実の父はリチャード一世であると聞くと、以下のように言う。

母上……父親としてこれ以上のすばらしい方はありません。　（一幕一場、二六二行）

彼にとっては自分が庶子であるにも拘らず、すばらしい武人である王を父親にもったことのほうがはるかに重要なのである。

気丈な皇太后エリナーやアーサーの母親コンスタンスが声高に、イングランドあるいはフランスの王位継承権を主張するなか、優柔不断で騙されやすいジョン王はなかなか勝利を挙げることができない。そんな状況のなか、イングランドのために活躍するのが「私生児」である。両国の王位簒奪戦に見られる人間の欲望の醜さを揶揄しながらも、「私生児」はプロテスタント国イングランドのために戦い、手柄を挙げていく。ジョン王が死んでいく時に、ヘンリー王子の将来を託すのは「私生児」である。また、劇の最後にエピローグを述べ、今後のイングランドのあり方を語るのも、ヘンリー王子ではなく「私生児」である。

4

『ジョン王』の制作年は明らかではないが、一般には一五九五―九七年と考えられている。この時期のイギリスは、出自の正統性が大きな意味をもっていた時代であった。エリザベス一世の治世ではあるが、ヘンリー八世とアン・ブリンの結婚の「正統性」をめぐる議論は続き、ローマ教皇庁を始めとするカトリックの国々は、生まれた時からエリザベスに「庶子」というレッテルを貼った。エリザベスの君主としての「正統性」は、当時のイギリス社会では隠ぺいされてはいたものの、常に重要な問題であった。そのエリザベスも老年を迎え、世継ぎが決まっていない一方で、エリザベスの寵臣の若いエセックス伯が、対カトリックの強硬路線を主張し、一五九六年にはキャディズ島攻略に成功し、国民の間では大人気であった。[4]

シェイクスピアは『ジョン王』の中で、あらゆる面で「正統性」という言葉が意味を失った世界を創り、その中で王位をめぐって戦う人間の有様を描いている。[5]この世界で意味をもつのは、政治的な手腕と武力であり、その意味ではすべての登場人物のうち最も力があるのが「私生児」である。彼こそがカトリックの強国に対し、イングランドのプロテスタント主義を守るために戦うことのできる唯一の人物である。このことを強調する目的もあってか、「私生児」はエピローグだけではなく、この劇のすべての登場人物の中で最も多くの科白を与えられている。[6]

イギリス・ルネサンス演劇の専門家であるアリソン・フィンドレイが主張するように、『ジョン王』を観た当時の観客は「イングランドを治めている彼らの王は女性であり、しかも庶子である」こと、つまり王位継承に「正統性」は意味をもたないことを認識したといえるだろう。[7]この劇では、政治を動かす重要な要素は、庶子のもつ現実を見定める力と行動力なのである。リチャード一世との間に庶子を産んだレイディ・フォークンブリッジは、史実には存在しない人物とはいえ、この劇においては、間接的にではあるが政治に深く関わった女性ということができる。

5

メアリ・ロウスがシェイクスピア作『ジョン王』をどの程度知っていたかはわからない。ホリンシェッドの『年代記』は読んでいただろうが、ここにはリチャード一世の庶子が書かれていない。『乱世のジョン王』は、一六一一年と一六二二年に作者をシェイクスピアとして出版されている。どちらかの版をメアリが読んだ可能性は否定できないが、一六二三年刊のシェイクスピアの戯曲全集である「第一・二つ折版」については彼女が読んでいた可能性はきわめて高い。『ジョン王』に登場する「私生児」は、シェイクスピア劇の中でも特異な位置づけがされており、メアリ・ロウスのフェア・デザインやアンドロマルコの創造に影響を与えたとも考えられる。(8)

戦争という場において、最も意味のあるのは出自の「正統性」より個人の実力の大きさであることが強調されている点では、『ジョン王』に登場する「私生児」とメアリ・ロウスが描写する二人の「庶子」には共通しているところがある。また、不倫の相手が優れた男性のリチャード一世であったという理由で、「私生児」を産んだことをむしろ誇りとするレイディ・フォークンブリッジには、メアリ・ロウス自身と共通する面があるようにもみえる。しかし、シェイクスピアの『ジョン王』と『ユーレイニア第二部』が決定的に違うところがある。前者においては出自や「正統性」といった、社会で想定されるすべての価値に疑問が投げかけられ、「私生児」やイングランドの人々が掲げるプロテスタント主義そのものにも懐疑的な視線が向けられている。それに対し、『ユーレイニア第二部』では、プロテスタントという信条そのものに疑いの目が向けられることはなく、フェア・デザインとアンドロマルコという二人の「庶子」も、あくまでもプロテスタントが掲げる「正義」を守る戦いに大いなる貢献をする若者として描かれている。ここにも、宗教と政治が複雑に絡み合う当時のヨーロッパの社会状況の中で、プロテスタント主義の政治支援を貫こうとするメアリ・ロウスの姿勢を見ることができる。

本章は以下の口頭論文発表と刊行論文を基盤としている。

・"'Near Misses with History'": Historiography and Representations of Bastardy in *King John* and Lady Mary Wroth's *Urania* II", The 33rd International Shakespeare Conference at the Shakespeare Institute (University of Birmingham), August 2008,「セミナー発表論文」。

・'Near Misses with History: Historiography and Representations of Bastardy in *King John* and Lady Mary Wroth's *Urania* II', 東京女子大学『英米文学評論』第五五巻（二〇〇九年）、一—一五頁。

注

（1）Hannay, *Mary Sidney, Lady Wroth*, pp. 253–73.

（2）Roberts ed., *Urania* I, Introduction, pp. xxxix–liv.

（3）『ユーレイニア第一部』では、メラシンダはハンガリーの不安定な国状のために、初めは別の男性と結婚させられる（七九—八〇頁）。この時のメラシンダの心情については、本書の第五章で扱う。

（4） John Guy ed., *The Reign of Elizabeth I: Court and Culture in the Last Decade* (Cambridge: Cambridge University Press, 1995).

（5） Jean E. Howard and Phyllis Rackin, *Engendering A Nation: A Feminist Account of Shakespeare's English Histories* (London and New York: Routledge, 1997), pp. 119-133; Juliet Dusinberre, 'King John and Embarrassing Women', in *Shakespeare Survey*, 42 (1990), pp. 37-52を参照。

（6） *The RSC Shakespeare, William Shakespeare Complete Works* (p.771) によると、「バスタード」の科白は劇全体の科白の約二〇%、ジョン王の科白は全体の約一七%を占める。

（7） Alison Findlay, *Illegitimate Power: Bastards in Renaissance Drama* (Manchester: Manchester University Press, 1994), p.208.

（8） メアリ・ロウスが「庶子」を英雄として描写する背景には、当時大変人気のあったロマンス『アマデス・デ・ゴール』の影響もあった。*Amadis de Gaule* の英訳は、アントニー・マンディ（Anthony Monday, 1560-1633）が、メアリの親友であったモンゴメリー伯夫人スーザン・ハーバートの勧めで、一六一八—一九年に行ない刊行した。訳序文によると、マンディは原作をモンゴメリー伯夫人から借りて翻訳をしたとのことである。

5　「キャビネット」と女性の「私的領域」

1

イギリス・ルネサンス期の劇作品・散文には「キャビネット」という言葉が多く登場する。当時使われた「キャビネット」の意味は現代より多様で、部屋、飾り戸棚〔図8〕、整理箱のほかに、本書のカバーの写真が示すように大事な物を入れる「手箱」も指すことがある。同じような用途で「クローゼット」という言葉も頻繁に使われたが、こちらのほうは飾り戸棚や整理箱、部屋の意味で使われることのほうが多かった。

「キャビネット」は大切なものを保管するための戸棚や「手箱」の意味としてイギリス・ルネサンス期の男性作家、特にベン・ジョンソンやトマス・ミドルトンなどもよく用いている。「キャビネット」の持ち主は男性の場合も女性の場合もあるのだが、シェイクスピアはほとんど女性に関わらせた文脈で使っている。たとえばオフィーリアは一幕三場で、国の命運を担う責任ある

図 8　17世紀オランダ製キャビネット（飾り戸棚）（ペンズハースト館当主ドゥライル子爵所蔵）
［By kind permission of Viscount De L'Isle from his private collection］

立場の王子ハムレットとは深い関係にならないようにと、兄のレアティーズから忠告を受ける。ハムレットとの関係を危惧する兄に対し、オフィーリアは自分の「記憶」を「キャビネット」に喩え、その鍵は彼に渡すから心配しないようにと、フランスに出発する兄に言っている。この場のオフィーリアは「キャビネット」という具体的な言葉は使っていないが、「貞操」についての兄の忠告を収納する自分の「記憶」を、鍵のついた「手箱」(「キャビネット」)に喩えている。

また、『マクベス』五幕一場で、夢遊病でさまようマクベス夫人の様子を説明する侍女が、マクベス夫人が狂気のうちに「手箱」(クローゼット)の鍵を開けて手紙を取り出し、重要な手紙を書こうとしている有様を侍医に説明している。[1]

シェイクスピア晩年のロマンス劇『シンベリン』においては、イノジェンが親切心からヤーキモーに、大事な貢ぎ物が入っているという「トランク」を自分の寝室に持ち込むことを許す。ところが「トランク」の中にはヤーキモー自身が入っていて、イモジェンの寝室に忍び込み、悲劇の発端をつくる。この場合の「トランク」はヤーキモーが入れるほど大きな「荷物箱」である。寝室という女性の「私的領域」に入り込む手段として、サイズは「手箱」より大きいが、この劇でも「箱」が用いられており、女性の「私的領域」と「箱」の関わりが強調されている。

シェイクスピア以外の男性劇作家の中には、「クローゼット」という言葉を男性の「私的領域」として用いる場合もある。たとえばトマス・ミドルトンとウィリアム・ロウリー共作の『チェンジリング』の四幕一場では、初夜を迎えるアルセメロが、女性が処女であるか否かを試すための薬を大切に「クローゼット」（飾り戸棚）にしまい込んでいることを、彼の花嫁になるビーアトリス・ジョアナが知ることになる。ビーアトリスはすでに従僕のディ・フローリーズと深い関係となっているので、アルセメロにこの薬で自分の処女性を試させるわけにはいかない。そこでビーアトリスは、侍女のダイアファンタが処女であるかをまずこの薬で試した後、彼女を自分の身代わりに初夜の床に送る。女性の「処女性」を何よりも大事にする当時の男性の価値観は、貴重品を収納するはずの「クローゼット」を、アルセメロが女性の処女性という「私的領域」を確保する目的で使用することにより、諷刺されている。

シェイクスピアの劇では、男性が「公的領域」に関わる秘密文書を保管する場所として「クローゼット」という言葉が用いられている場合もある。たとえば『ジュリアス・シーザー』の三幕二場で、アントニーはシーザーが遺書を「クローゼット」に保管していたとローマ市民に語る。また、『リア王』の三幕三場でグロスター伯は、リア王殺害を企てる重要な手紙を自分の「クローゼット」に保管しているとエドマンドに告げる。A・R・ブラウンミュラーはこれらの場で用いられる「クローゼット」も、『マクベス』の五幕一場と同様に「手箱」（「キャビネット」）の意味として解釈している。

2

メアリ・ロウスの作品においては、特に『ユーレイニア第一部』で、「キャビネット」という言葉が頻繁に使われている。『ユーレイニア』の中で用いられている「キャビネット」という言葉は、主に二つの意味、すなわち「私室」と「手箱」に分かれる。いずれの場合も、女性登場人物との関わりで使われていることが多い。

まず、「私室」の意味について考えてみる。パンフィリアは、精神的に疲れた時や自分の気持ちを整理したい時、しばしば「私室」（キャビネット）に戻っていく。「キャビネット」に入るや、人前ではこらえていた涙が堰を切ったようにあふれ出て、むせび泣きをしたり、自分が置かれている状況や自分の想いをあれこれ考えたりする。あまりに失望や悲しみが大きい時は「キャビネット」から出る力もなく、親友のユーレイニアやヴェラリンダが彼女の「キャビネット」までやってきて、パンフィリアを慰めることもある（『ユーレイニア第一部』四五八―五九頁）。「キャビネット」には鍵がかかるが、パンフィリアは部屋を出る時、必ずしも鍵はかけなかったようである。すでに第三章で扱ったエピソードであるが、『ユーレイニア第二部』で、美貌の黒人青年のタータリア王ロドマンドロの、パンフィリアに向ける熱き視線に、アンフィランサスの心は乱れ、突然モーリア王主催の宴会を去る。パンフィリアはアンフィランサスを気遣い、適当な口実を述べて宴を去り、自分の「キャビネット」（私室）に戻るが、驚いたことに、嫉妬に燃えるアンフィランサスが部屋のベッドの上に横たわっているのである。アンフィランサスはパンフィリアが宴会で客人のロドマンドロをもてなしている間に、無断で彼女の部屋（「キャビネット」）に入り込んでいた。パンフィリアは「私室」に鍵をかけずに宴会の席に向かったと思われる。また、『ユーレイニア第一部』には、ユーレイニアやセラリナス等がパンフィリアのいない間に彼女の「キャビネット」に入り、部屋の中の本や書き物をしばらくの間読んでいたというエピソードがある（『ユーレイニア第一部』二六〇頁）。

『ユーレイニア』において「キャビネット」という言葉が「私室」の意味で使われる場合、たいていその部屋は女性のものである。これには、「キャビネット」の第二の意味、つまり「手箱」にも関わりがあるように思われる。『ユーレイニア』の中では、女性が大切なものを保管するために使った外側に飾りのついた美しい箱は、時には「デスク」という言葉が用いられることもあるが、たいてい「（美しい）キャビネット」（'a daintie Cabinet'、『ユーレイニア第一部』二七二頁）と呼ばれている。

「キャビネット」は女性の大切な「私的領域」を表象する。たとえばハンガリー女王のメラシンダは、オロランダスという、のちにボヘミア王となる若者と相思相愛の関係だったにもかかわらず、前ハンガリー王であった叔父の庶子のロドリンダスが反逆を企てたため、国の安泰のためにロドリンダスとの結婚を余儀なくされる。国家という「公的領域」のために、自らの感情という「私的領域」を放棄せざるを得なかった女王や王妃は『ユーレイニア』の中に何人か登場し、その代表が主人公のパンフィリアであるが、メラシンダもそのような女王の一人である。結婚後もメラシンダは秘かな想いをオロランダスに抱いている。ある日、メラシンダのもとにオロランダスから変わらぬ愛を誓った私信が届けられる。しかしメラシンダは、オロランダスからの手紙を燃やしてしまい、その灰を美しい「キャビネット」に注意深くしまう。そして、手紙が燃えている間の悲しさを、彼女は詩に書く。燃やしてしまったオロランダスの恋文を彼女は暗誦しており、毎日その文章を自らに繰り返し聞かせ、「キャビネット」にしまった灰を取り出して眺めては涙し、キスをしてまた灰を元通り「キャビネット」にしまう。このエピソードにおける「キャビネット」は、単にメラシンダのオロランダスに対する禁じられた恋という「私的領域」を表わしているだけではない。メラシンダは理不尽な政治状況の犠牲者といってもよい。なぜなら、ハンガリーの先王の庶子が反乱を起こしたのであれば、メラシンダを政治の駒に使わなくても、王の側近、あるいは正義のために「旅」を続けるアンフィランサスやその仲間が、この反乱を鎮圧することができたはずだ。ところが、騎士道精神を体現しているはずのこれらの男性は実際には無力で、メラシンダにロドリンダスとの結婚を強いる以外、ハンガリー王国を守ることができなかった。ロマンスの世界において想定される「男性性」と現実のギャップは大きく、それを認識したメラシンダは悲しく、そして悔しくもある。また、オロランダスの手紙の燃え残りの「灰」は、メラシンダに「純粋な二人の愛」（『ユーレイニア第一部』二七三頁）を想い出させる「記憶」となる。つまり、メラシンダの「キャビネット」には彼女の「主体」そのものが保存されているのである。メラシンダの「主体」は男性の「公的領域」を正当化するイデオロギーに反逆はしても、その圧倒的な力によって破壊されることを恐れて、美しい外見の箱の中に入れられ、鍵をかけてしまわれる。しかしメラシンダの「キャビネット」の中には、「真実」が保管されつづけているのである。

『ユーレイニア』で描かれる「キャビネット」を所有する女たちは、その中身が他者の目にふれることを大変に恐れる。人々の噂の種となるのを恐れるのは当然だが、特に勝手な解釈をされることを嫌い、「キャビネット」にしまわれている手紙や詩が何について、あるいは誰について書かれているかを曖昧にする。女性登場人物は、自分の「真実」の想いを「キャビネット」にしまっておくか、一人になった時にのみ語ることが多い。このことは『ユーレイニア』という作品そのものにいえる。この「ロマンス」は一般に「鍵小説」（*'roman à clef'*）と言われ、登場人物のモデルとなっている人物や事件が何であるか、人々の興味を喚起してきた。が、メアリ・ロウスは複数の登場人物に、モデルとなっている人物を重ねて描き、読者が焦点を合わせにくくしている。たとえば、メアリ自身をモデルとしていると考えられる女性を、リンダミーラ、ベラミーラ、パンフィリア、ヴェラリンダと少なくとも四人は登場させ、彼女に関わるエピソードをそれぞれの登場人物の人生に絡ませて展開させていく。

その中で、「キャビネット」にしまっておいた詩の「真実」を書き手が明かす、めずらしいエピソードがある。『ユーレイニア第一部』の中で、パンフィリアの両親のモーリア王宮廷を訪問していたアンフィランサスが、旅の出発を翌日に控え、詩才のすばらしさについてかねてから聞いていたパンフィリアの詩を見たいと言いだす。パンフィリアはその願いを聞き入れ、自分の部屋（「キャビネット」）から詩を持ってくると言うが、アンフィランサスは彼女の部屋に自分も一緒に行きたいと言ってついてくる。部屋に入ると彼女は、書き物の入っている「手箱」（ここでは「デスク」という言葉が用いられている。『ユーレイニア第一部』三二〇頁）を持ってきて、燃やさずに保存していたすべての作品にキスをしてから、「こんな不出来なものをお見せするのは恥ずかしいが」と言い訳をしながらアンフィランサスに渡す。それらを読んだアンフィランサスは、「彼女の詩のすばらしさはパンフィリア自身のすばらしさにくらべれば「影」（"shadowes"）のようなものではあるが、これまで彼が目にした女性による詩の中では一番すぐれている」と讃辞を贈る。しかし、問題点が一つあるとアンフィランサスは告げる。それは、彼女が真に恋をしていて恋愛詩を書いているのではなく、恋していると見せかけて書いているというのである。それに対しパンフィリアは、はっきりと反論する。「あなたの考えは誤っています。この詩を書いている私は本当に恋をしているのですから」と、めずらしく本心をアンフィランサスに明かす。喜んだアンフィランサスはパンフィリアを抱きしめるが、パンフィリアはアンフィランサスを止めることも、彼に不愉快な表情を示すこともしない。「キャビネット」の中に入っていた詩はパンフィリアの真の気持ちをアンフィランサスに伝えることに成功したように見える。この後、同じ箱の中に入っていた、妹に贈るために描かせたパンフィリアの肖像画をアンフィランサスが見つけ、その絵が大層気に入り、旅に持っていきたいと言って所望する。長い髪を肩まで下ろし、胸にあてた右手に彼女の好きな花の刺繡を持っているこの肖像画は、当時最高の技術をもった画家によって描かれたものであった（『ユーレイニア第一部』三二一頁）。旅あるいは戦場に赴く騎士が憧れの女性の肖像画を携えるのはロマンスの常套手段だが、『ユーレイニア』はそこでは終わらない。アンフィランサスの留守中も常に彼のみを愛しつづけるパンフィリアとは異なり、アンフィランサスのほうは相変わらず次々と別の女性にも恋し、それらのエピソードがこの後も描かれていく。

3

アンフィランサスに裏切られた悲しみを、パンフィリアは詩に書いていく。『ユーレイニア』の世界は、ロウスの生きた十七世紀初頭イギリスの家父長制社会と重なっており、アンフィランサスはこの世界で最高に優れた「男性性」の体現者として描かれ、やがて神聖ローマ帝国皇帝に選ばれる（『ユーレイニア第一部』四六三頁）。しかし、彼に対する社会の評価と彼の内面のギャップがところどころで、時には痛烈な皮肉を込めて描かれている。アンフィランサスの最大の欠陥は「心変わり」である。すでに述べたエピソードであるが、森で独り「ロマンス」を読んでいたパンフィリアが、その内容が男の「心変わり」についてであり自分の体験とそっくりなので、嫌気がさして、読んでいた本を投げ出す場面がある。「男性は何事においても女性を凌駕するので、「心変わり」においても女性にはるかに勝っている」という皮肉をパンフィリアは述べるが、このエピソードには、男性中心の社会の価値観に対するメアリ・ロウスの強烈な批判が込められている。

このように、女性の「手箱」（「キャビネット」）には、複雑な感情をもつ女性の「主体」が保存されている。同時に、『ユーレイニア』という作品そのものも一つの「キャビネット」とみることもできる〔図9〕。中表紙の絵の丘のふもとには、三つの塔が立ち並び、ドーム型の屋根の上に、それぞれ恋の矢を持つキューピッド、ハートを掲げる愛の女神ヴィーナス、そして鍵を携えた「誠実」（コンスタンシー）の女神の像が立っている。三つの塔の右横には、ノット・ガーデン（Knot Garden、エリザベス朝独特の庭園）があり、丘陵のさらに高いところにはもう一つの塔がそびえている。題字には『モンゴメリー伯爵夫人のユーレイニア』（『ユーレイニア第一部』の正式名称）というタイトルと、著者メアリ・ロウスの名前が書かれ、その下にはメアリがレスター伯ロバートの娘であり、高名なサー・フィリップ・シドニーと最近亡くなったペンブルック伯夫人メアリの姪であると、メアリの出自が明記されている。彼女はこのように自らを夫との関係ではなく、文才豊かな肉親の多い実家のシドニー家とのつながりで捉えている。

『ユーレイニア第一部』のエピソードの一つに、恋人に裏切られたと思ったライアナがパンフィリアに、自分の心を「キャビネット」に喩える場面がある。「キャビネット」に宝物を入れすぎたため鍵が締まらず、結局箱が壊れて中身が飛び出してしまう（『ユーレイニア第一部』二五三頁）。そのように、ライアナの怒りと悲しみは彼女の「心」に収納しきれず、独りになれる森に行き、自分の感情を吐露した、とライアナはパンフィリアに語る。このエピソードは、『ユーレイニア』という作品そのものの特徴を表わしていると言える。『ユーレイニア』という「キャビネット」には、頭脳が明晰で、教養が高く、また創造力が豊かなメアリ・ロウスという女性が、

図 9　メアリ・シドニー・ロウス著『モンゴメリー伯爵夫人のユーレイニア』（略称『ユーレイニア第一部』、1621年）のタイトル頁。大英図書館所蔵（G2422）
［By permission of the British Library］

当時の家父長制社会の中で感じたり考えたりした想いが保管されている。「大切な宝物」が、「キャビネット」の鍵が締まらないほどにたくさん詰まっているのだ。『ユーレイニア第一部』はフォリオ版で五五八頁におよぶ大著であるが、『第二部』もその約四分の三の長さを占める。

女性が「キャビネット」に入っている詩や手紙を誰かに読まれることを拒絶する理由が、はっきりと描かれているのが、シレリアスについてのエピソードである。『ユーレイニア第一部』で語られるシレリアスと彼の妻との悲話は、『ユーレイニア第一部』出版直後、エドワード・デニー卿から自分の家族をモデルにしたとして、ロウスは激しく非難された(2)。この話の中心となるシレリアスと彼の妻は、国王ジェイムズの寵臣であったジェイムズ・ヘイと、一六〇七年に彼と結婚したデニー卿の一人娘オノラをモデルにしたと一般にみなされている。少なくともデニー卿はそう思い、自分の家族の不名誉な事件を不特定多数の読者の目にさらしたと、ロウス宛に激しい批判の詩を書いて抗議をした。『ユーレイニア第一部』の中で、年少の時に見染めた女性の成長を待ってシレリアスの結婚式が宮廷で国王によって執り行なわれ、華やかな祝賀の行事の後、二人は結婚生活に入る。が、二年経つか経たないかで二人の間には不和が生じ、妻の父は婿のシレリアスの、母は娘の味方をする。やがて二人の不和の原因は妻に別の男性が近づき、夫のシレリアスが嫉妬を抱いたことであることがわかる。シレリアスは妻にその男と会ったり、その男を自宅に入れたりすることを禁じるが、妻は素直に応じない（『ユーレイニア第一部』五一五―一六頁）。

ロウスはこの話を、単なる妻の不倫話とは書いていない。このエピソードの語り手はシレリアスにかつて仕えていたが、今は羊飼いに変身しているプロカタスである。彼の第三者としての意見は、読者が状況を判断するのに重要である。彼は、はたから見ていると、この女性は確かに夫以外のこの男性に敬意を表しすぎるとは思った。しかし、この男に会うことを禁じた夫の命令を拒絶したのは、夫によって自分の意志が曲げられることを嫌ったからにすぎず、それが誤解を招いた、とプロカタスは述べている（『ユーレイニア第一部』五一六頁）。つまり、この女性の真意は誰にもわからなかったのだ。シレリアスは妻に、この男性と会うことも彼を館に入れることも禁じるが、彼女はこの男性に偶然出会うことだってあると言って、夫の命令に従うことを拒絶する。その結果、シレリアスは妻が持っている複数の「キャビネット」を壊し、中を開けて手紙を見つける。それらは単なる友人同士の手紙の内容なのだが、嫉妬を抱く夫には、そこに恋愛感情がしたためられているようにみえた。さらに、妻の父は娘が不倫によって一家の名誉を汚したと怒り狂い、短刀で娘を刺してしまう。ロウスは、ここでも第三者の客観的な視点を導入し、この悲劇の滑稽な面を示す。

父親が娘の夫のために、たった一人の自分の子供に対しこれほど怒り狂い、夫のほうが彼女を父の攻撃から守ろうとする光景は、奇妙な光景であった。夫が妻を攻撃しようとしたのならまだ話はわかるが。

（『ユーレイニア第一部』五一六頁）

妻の本心の証が「キャビネット」に入っていると思い、鍵を壊して開けたが、中に入っている手紙からは「真実」はわからない。しかし、当時の男性が女性の心を知ろうとする時、「キャビネット」の中に入れられている「書き物」がその手段となると想定していることに注目しなければならない。男性が自分の「所有物」とみなしている妻を真の意味で所有するためには、女性の「私的領域」とみなされている「キャビネット」の中身を知らなくてはならない。しかし、中に入れられていた手紙を見ても、妻の「真実」の心を知ることはできない。「キャビネット」は依然として女性の「私的領域」ではあるが、「キャビネット」に収納できない女性の書く「自己」の存在が、このエピソードには示唆されている。けれど、「キャビネット」の中に女性の「真実」が入っていると誤解している男性の嫉妬が原因で、シレリアスの妻は自分の父親に刺されることになる。

メアリの夫ロバート・ロウスは、一六一四年三月に病死する。本書の第三章ですでに述べたように、彼の遺書によると、メアリ・ロウスは「私だけの部屋」を持っていた。多額の借金を抱えていたロバートが、妻と生まれたばかりの一人息子ジェイムズに残すことのできた遺産はわずかであった。メアリとロバートが情熱をもって改築してきたロートン・ホールに、メアリは住みつづけることはできたものの、屋敷そのものの所有権はロバートの甥に移ってしまう。ロバートがメアリに遺書の中で公式に残したものは、皿などの食器や家財道具、彼女の衣服のほか、メアリの書斎にあるすべての本と家具、それに私室（クローゼット）であった(3)。夫の死後、メアリは社会的地位にふさわしい生活を送れるほどの富はもてなかったものの、夫の遺書のおかげで「私だけの部屋」を確保することは保証された。このことから察して、晩年のロバートは実はメアリの良き理解者となったということも考えられる。『ユーレイニア』などのメアリの創作は、おそらくロートン・ホールにあったメアリの私室の「キャビネット」に保管されていたのであろう。

4

『ユーレイニア第一部』が一六二一年に刊行されると、宮廷で騒動がおきたことはすでに述べた。デニー卿の激怒は極端な例であったとはいえ、『ユーレイニア第一部』に登場する人物の中には実在の宮廷人をモデルとしているものが多い。自分自身や身近な人々がモデルにされているらしいメアリの描写に、怒りや戸惑いを感じた人もいたであろう。騒動から二十年以上過ぎても、ラトランド伯が『ユーレイニア』の登場人物のモデルを直接メアリに尋ねたが答えてもらえなかった、という逸話が残っている。ジェイムズ国王晩年の宮廷は、『ユーレイニア』のモデル探しで大騒ぎとなった。また、実在の人物が見えてくるような描き方をした作品をあえて出版したことを、ジョン・チェインバレンは当時駐ハーグ大使でシドニー家やメアリとも親しかったダッドレイ・カールトンに、以下のように報告している。

デニー卿は、レイディ・メアリ・ロウスが彼女の本の中で、デニー卿とご令嬢のレイディ・ヘイをあまりにひどく露骨に笑い者にしたと激怒して、抗議の詩を書きました。他の多くの人たちも、レイディ・メアリはあまりにも無遠慮に彼らをもてあそんで中傷し、自分はネットの中で踊っていると思っている、と言っています。(4)

しかし同時に、『ユーレイニア』出版批判の背景には、女性が「創作」をする行為に対して当時の人々が感じていた大きな脅威が表われている。当時のジェイムズ朝社会が理想の女性像として掲げる「貞節・寡黙・従順」という規範は、ジェイムズ国王が機会あるごとに声高に主張しても、社会における女性の実態との乖離はますます大きくなりつつあった。その最大の理由は教養ある女性の数が、たとえこの時期には貴族階級に限られていたとはいえ、増えていたことにある。シドニー家関連の女性だけを挙げてみても、フィリップ・シドニーの妹の第二代ペンブルック伯夫人メアリ・シドニー・ハーバート、本書が扱うメアリ・シドニー・ロウス、モンゴメリー伯フィリップ・ハーバートの妻でメアリの親友だったスーザン・ハーバート、ベッドフォード伯夫人ルーシー・ハリングトン・ラッセル、フィリップ・シドニーの遺児のラトランド伯爵夫人、フィリップ・ハーバートの後妻となった第四代ペンブルック伯夫人アン・クリフォード・ハーバートと、「書く女」の系譜は長い。これらの女性たちは自分の作品の手稿をそれぞれのサークル内で互いに見せ合っていた。(5)『ユーレイニア』では、自分の作った詩を男女間、あるいは女性同士で読み合う場面が多く描写されている。エリザベス朝、ジェイムズ朝の貴族の間には、「出版の恥辱」('Stigma of Print')といった暗黙の社会規範があり、自分の内面を書いた詩や「ロマンス」を公の目にさらすのを「恥じる」傾向が強かった。まして女性に対しては、この規範はさらに厳しかった。メアリ・ロウスが出版するより約十年前の一六一三年に、フォークランド伯夫人エリザベス・ケアリ（Elizabeth Cary、一五八五―一六三九）が『メアリアムの悲劇』という、実際には上演はされなかった悲劇を出版した時も、夫や社会から激しい非難を浴びた。(6) この悲劇が書かれたのは一六〇三年頃と一般にみなされており、刊行するまでにすでに十年が過ぎていた。自分の作品を多く刊行した貴族女性は、メアリの伯母のメアリ・シドニーだが、彼女の場合は兄のフィリップ・シドニーの遺作『アーケイディア』の編纂や、フィリップの親友のプロテスタントの宗教学者フィリップ・ドゥ・モーネイの著作の英訳、ロベール・ガルニエ作『マーク・アントワーヌ』を仏語から英訳した『アントニウスの悲劇』、フィリップ・シドニーと共訳した『詩篇』の英訳など、すべて男性作家による作品の翻訳である。

男性作家による作品の女性による翻訳は、翻訳に許される自由は訳者に与えられているものの、根幹は男性の作品にある。ところが、女性による創作の場合は、男性のまったくコントロールの及ばない「想像力」という「私的領域」を女性が獲得した時、初めて生まれる。したがって、女性の創作は、誰からも支配されない「私的領域」を女性がもっていることの証であり、男性個人にとっても、男性中心の家父長制社会にとっても大きな脅威であったのだ。(7)

『ユーレイニア第一部』が刊行された時、モデルとみなされ迷惑をこうむった宮廷人が多くいたので、社会の非難の激しさは想像に難くない。先に言及したデニー卿は、ロウスを「姿は半男半女」とののしり、「くだらない本を書くために費やした月日を悔い改め、みだらで汚らわしい事柄を書いたことを悔い改め、伯母のペンブルック伯爵夫人を見習い、神への愛を詠う書物を書くべき」と激しく攻撃した。(8)

デニー卿に対してのロウスは、迷惑をかけたことを陳謝するどころか、反対に、彼の詩を揶揄する詩を書き、応酬している。しかし、騒動が大きくなり、さすがのメアリも対抗できなくなったらしく、バッキンガム公に手紙を書き、『ユーレイニア』を市場からすべて回収すると約束している。

5

女性の教養が男性社会のコントロールが利かないほどに当時高まってきていることは、シェイクスピア作品からも理解できる。シェイクスピアの初期の作品の一つである『タイタス・アンドロニカス』(一五九四)では、タイタスの娘ラヴィニアが凌辱され、手と舌を切り落とされる。ラヴィニアは、オヴィディウスの『変身譚』の中の「フィロメラ凌辱」の話を示すことをきっかけに、犯人の名前を父親や叔父に知らせることに成功する。ラヴィニアが「読書」の力で復讐のきっかけをつくるのは確かだが、ラヴィニアにはもっと高度なレベルの本を読む能力がある、とタイタスは言っている(四幕一場、三三行)。

晩年のロマンス劇になると、『シンベリン』のヒロインのイノジェンは夜中に三時間もロマンスを読んでいた設定になっており、侍女に翌朝四時には起こすように命じている（二幕二場、三一八行）。イノジェンは、睡眠時間を減らすほどに「ロマンス」を読むことに夢中なようだ。『ペリクリーズ』では娼婦宿に売られたマリーナが、身を売る代わりに「教養」を売る契約を宿のオーナーとする。ガワーの「語り」によれば、刺繍や機織りのほかに、歌うこと、リュートを弾くこと、本を読むこと、詩を書くことができる彼女は、良家の子女にこれらの教養を教え始める。と、たちまち大人気となり、大金を手に入れることができ、娼婦宿のオーナーに約束どおり支払うことができる（五幕、コーラス）。十八世紀以降現われる「家庭教師」の前身である。シェイクスピアは、女性が教養を身につけることに関心をもってきたことを認識はしていたようであるが、実際に舞台上で女性の「書く」行為を表象することはなかった。

メアリ・ロウスが憧れ、敬愛し、多くの文人にその才能と人格を絶賛されたメアリ・シドニー第二代ペンブルック伯爵夫人についても、女性が「主体」であることを欲しはじめる十七世紀の社会的文脈から見直す時代が来ているように思われる。夫のヘンリー・ハーバート第二代ペンブルック伯が一六〇一年に亡くなった後、彼女はペンブルック伯の館であるウィルトン・ハウスで文人を迎えサロンを開いていた。序章で述べたように、一六〇三年十二月には差し迫っている従兄のサー・ウォルター・ローリーの処刑を国王ジェイムズに考え直してもらうために、シェイクスピアに『お気に召すまま』を改訂させ、ウィルトン・ハウスでの御前公演を企画した可能性が高い。

しかも、一六一五―一六年にメアリ・シドニー・ハーバートは、抜群の教養を有していた侍医のマシュー・リスターと共に、グランド・ツアー（ヨーロッパ大陸旅行）を行なっている。貴族の女性の中で最も早くにグランド・ツアーを行なった一人である。やはり早い時期にグランド・ツアーを行ない、メアリ・シドニーとも仲のよかったのがアランデル伯爵夫人である。しかし、アランデル伯夫人の旅行が夫のアランデル伯と一緒だったのとは異なり、ペンブルック伯夫人の場合は年下の学識ある男性と一緒であった。現代でいう「パートナー」と一緒にヨーロッパ大陸を旅行するメアリ・シドニーは、恐らくリスターを愛していたのだろうと、マーガレット・ハネイは考えている(9)。

寡婦になった姪のメアリ・ロウスと自分の息子のウィリアム・ハーバートとの緊密な関係に、メアリ・シドニーが気づいていなかったはずはない。社会の規範を犯す男女の関係はジェイムズ朝後半になると、かなり容認されるようになっていたようだ。しかし、女性による創作の出版は、一六二〇年頃のイギリスの貴族社会では、依然として困難を伴ったのである。

本書は以下の口頭発表論文を基盤としている。

・「'Cabinet' に保管された女性の Public Space ――ジェイムズ朝におけるロマンスの変容」、第八二回日本英文学会〔二〇一〇年五月、於：神戸大学〕「招待発表」。

注

（1）この場では'closet'という言葉が使われているが、その意味として、The New Cambridge Shakespeare の編者 A. R. Braumuller は、"Cabinet; locable chest or box for valuables" (5.1.5)、*The RSC Complete Works* の編者 Jonathan Bate と Eric Rasmussen も'cabinet'（5. 1. 4）と註をつけている。

（2）Hannay, *Mary Sidney, Lady Wroth*, pp. 235-39.

（3）Hannay, *Mary Sidney, Lady Wroth*, p.171.

（4）*The Letters of John Chamberlain*, Vol. II, p.427.

（5）George L. Justice and Natha Tinker eds., *Women's Writings and the Circulation of Ideas*; Marotti, *Manuscript, Print, and the English Renaissance Lyric*, pp. 48-60を参照。

（6）Barbara Kiefer Lewalski, *Writing Women in Jacobean England* (Cambridge, MA: Harvard University Press, 1993), pp. 181-201; 楠明子『英国ルネサンスの女たち』、三〇四―二九頁。

（7）『詩篇』の英訳は、実は四四から一五〇までがメアリ・シドニーによる翻訳である。その格調高い翻訳は、ジョン・ダン、ベン・ジョンソン、サミュエル・ダニエル等当時の文人の多くに絶賛されたが、出版されたのはメアリの死後二世紀以上たってからのことであった。（Mary Sidney and Sir Philip Sidney, *The Psalms of Sir Philip Sidney and the Countess of Pembroke*, ed. J. C. A. Rathmell (New York: New York University Press, 1963), p.xi.)

（8）Hannay, *Mary Sidney, Lady Wroth*, pp. 237-45.

（9）　Margaret Hannay はメアリ・シドニー・ハーバートの伝記をも書いている。Margaret P. Hannay, *Philip's Phoenix: Mary Sidney, Countess of Pembroke*（New York and Oxford: Oxford University Press, 1990）, p.201.

6 「キャビネット」の役割の変容——女性の「私的領域」から「公的領域」へ

1

『ユーレイニア』と『恋の勝利』は、ロマンスあるいは「牧歌劇」という伝統的な文学形態を用いながら、当時の社会におけるジェンダー観に挑戦するという政治的意図をもっていることはこれまで論じてきた。エピソードの多くが当時の特定の社会問題やロウスの個人的経験を反映しているが、それが何であるかを追究していくと、エピソードの描き方が多義的で曖昧であるために、具体的な「像」は消えてしまう。この手法を用い、ロウスがさらに大きな政治的問題を『ユーレイニア』を通して描いていることを、この最終章で明らかにしたい。

ペンズハースト館のステイト・ダイニングルームの東側の壁に掛けられている肖像画の中に、特に注目に値する絵がある。年若い白人の青年の一歩後ろには、黄褐色のガウンのような服装をし、「ダイアモンドのような目」をした美しい（本書、八五頁を参照）黒人の従者が立っている。本書の第三章で扱ったロドマンドロをほうふつとさせるこの肖像画は、黒人の表象の文化史において大きな意味をもつと思われる。が、ここでは、従者とみられる黒人ではなく、その主人と思しき白人の青年に注目したい〔図10〕。

この肖像画の白人青年のモデルはエリザベス王妃の長男で、父の後を継いで選帝侯となったチャールズ・ルーイ・スチュアートといわれている。チャールズ・ルーイが最初にイギリスを訪れたのは一六三五年である。この時にはエリザベスの夫、すなわちチャールズの父親フレデリックはすでに亡くなっていた。フレデリックはハプスブルクを中心とするカトリック勢との戦いに敗れ、プファルツァ選帝侯領一帯を一六二〇年に失った。その後エリザベス王妃とともにハーグに亡命していたが、チャールズだけはフランクフルトに残っていた。この時の訪英では、チャールズは一六三七年の夏までイギリスに滞在している。目的は、母の弟で今やイギリス国王であるチャールズ一世に、パラタイン領をハプスブルクの権力から取り戻すための軍事的および財政的支援を嘆願するためであったと考えられる。

一六三五年からの二年間の滞英中、チャールズがペンズハースト館を訪れたか否かは定かではない。チャールズ・ルーイと黒人の従者の印象的な肖像画がペンズハースト館に今も残っていることは、その事実を示唆しているのかもしれないが、確証はない。メアリ・ロウスの父ロバート・シドニーも、一六一三年二月のエリザベス王女とプファルツァ選帝侯フレデリック五世との結婚を進めた宮廷人の一人であったと思われる。ベッドフォード伯夫人ルーシー・ハリングトン

図10　チャールズ・ルーイ・スチュアートをモデルにしたといわれる青年と黒人従者（ペンズハースト館当主ドゥライル子爵所蔵）
[By kind permission of Viscount De L'Isle from his private collection]

は故ヘンリー王子と仲が良く、エリザベスとフレデリックの結婚の強力な支持者であった。ロバート・シドニーとルーシー・ベッドフォード伯夫人がエリザベスの付添人として、ハイデルベルクまで同行したのは当然のことだったといえる。結婚後、フレデリックとエリザベスはヨーロッパ大陸におけるハプスブルク家との政争に次々と巻き込まれていくが、ルーシーは常にエリザベスが最も信頼するイギリスの宮廷人であった。フレデリックは一六一九年にボヘミア王、および神聖ローマ帝国皇帝となり、結果的には三十年戦争の発端をつくってしまう。その一年前、一六一八年に、ルーシーはエリザベスを再び訪問し、ハイデルベルクに滞在している。また一六二一年には、すでにハーグに亡命中であったエリザベスをルーシーは訪問している。

エリザベスの長男であるチャールズ・ルーイの最初の訪英はさらに十五年も後のことになる。その時のチャールズの肖像画がペンズハースト館に残っているということは、ボヘミア王妃エリザベスとシドニー家、ハーバート家との親しい間柄がこの間続いていたことを示唆し、興味深い。エリザベスがついに故国イングランドに戻れたのは、チャールズ二世の治世となる王政復古後の一六六二年であった。病身の彼女は帰国後、ほんの短い期間ではあったが、シドニー家のロンドンの邸宅だったレスター・ハウスに住み、そこで波乱に満ちた六十四年の生涯を閉じている[1]〔図11〕。

一方、メアリ・ロウスは一六一四年に夫ロバートと死別し、その一年後には一人息子ジェイムズも亡くなる。その後ウィリアム・ハーバートとの関係が復活し、ウィリアムとキャサリンとい

図11　1610年頃のエリザベス王妃（英国国立肖像画美術館所蔵）©National Portrait Gallery, London

う双子の庶子を産んでいる。一六二四年三月頃であったと推察される。ロウスは、ボヘミアでエリザベス王妃とフレデリック国王が三十年戦争に巻き込まれていく様子を、父のロバート・シドニーや従兄のウィリアム・ハーバート、あるいは親戚のルーシー・ベッドフォード伯夫人を通して知っていたはずである。メアリは一六二一年に、『モンゴメリー伯爵夫人のユーレイニア』（即ち、『ユーレイニア第一部』）を刊行した。この後十七世紀後半から十八世紀にかけて、イギリスではアフラ・ベーン、イライザ・ヘイウッド、デラリヴィエール・マンリイなど、劇作や散文を創作し刊行する女性が増えてくる。やがてヴィクトリア朝に入ると、ブロンテ姉妹を始めとする多くの女性作家がイギリス文学の担い手となる。イギリス・ルネサンス期のエリート貴族の一員であったメアリ・ロウスは、これらの後輩女性作家とは社会的階層という点では異なってはいたものの、彼女たちの先駆けであった。

先駆けとなる人間には、常に多くの困難がつきまとう。『ユーレイニア第一部』が刊行された後の宮廷での騒動については、すでにふれた。では、なぜロウスは一六二一年という年に『ユーレイニア第一部』を刊行するという大胆な行動をとったのだろうか。

2

おりしもジェイムズ国王が娘のボヘミア王妃と夫のフレデリック・ボヘミア国王に財政的・軍事的支援をすべきか否かで、宮廷やロンドン市の人々の意見が大きく割れている時期であった。

宮廷のプロテスタント派や急進派プロテスタントのピューリタンの多いロンドン市民はエリザベス支援を強く唱え、国王に繰り返し嘆願書を送っていた。(2)また、ハーグに亡命しているエリザベスも、ジェイムズあるいは宮廷の有力者たちに、支援を要請する手紙を送っている。エリザベスは一六一四年に十七歳で選帝侯フレデリックと結婚し、ハイデルベルクに発つまで、イギリスでは兄のヘンリー王子とともに大変人気があった。その理由の一つは、彼女の名前がエリザベスで、その名付け親がエリザベス一世だったということにある。当時のイギリスではエリザベス朝懐古ムードが起きており、エリザベスはエリザベス一世と同じ名前であったことから、このブームの中心に置かれていた。(3)特に兄のヘンリーが急逝してからは、エリザベスはイギリスおよびヨーロッパにおけるプロテスタント勢力の希望の星とみなされていた。エリザベス王女自身もエリザベス一世のイメージに自らを合わせて、イギリスにおけるプロテスタント信仰の体現者として自分自身を捉えていたようである。王女とフレデリックは一六一三年二月のヴァレンタイン・デイに結婚するが、結婚を祝うための詩や説教、また仮面劇などの多くは、イングランドの過去のプロテスタントの代表者であったエリザベス一世の再来として彼女の存在を描いている。(4)たとえば、国教会牧師であったリー・ウィリアムは、結婚を祝う一連の説教の中で、特に王女とエリザベス一世の関係を強調している。(5)

一六一九年にフレデリックがボヘミア国王と神聖ローマ帝国皇帝の両地位に就くや、ボヘミア一帯のハプスブルク勢の激しい反対に直面し、やがて三十年戦争となるが、ちょうどこの時期にロウスは『ユーレイニア第一部』を執筆していたと考えられる。

ロウスは自分の「キャビネット」に手稿を保管しながら執筆を続けていたのであろう。ロマンスでは、牧歌的な状況や冒険、魔術や荒唐無稽な出来事で話が進む。『ユーレイニア』は、従来のロマンスの要素をもつ一方で、十六世紀後半にロウスの伯父のフィリップ・シドニーやその側近たちが試みた、ロマンスを政治的目的に利用する側面をもっている。フィリップ・シドニー作の『アーケイディア』はロマンスというフィクションの形をとりながら、実はエリザベス一世の結婚話や宮廷の政治体制に対する批判を行なっている。メアリ・ロウスも『ユーレイニア』というロマンスの中で、エリザベス一世とエリザベス王女を重ねた表象をすることで、ボヘミアで苦闘するエリザベスとフレデリックの支援を促すイギリスのプロテスタントの見解を描いている。シドニー家とハーバート家の男性たちが巧妙に行なっていた、ジェイムズ国王のボヘミア政策に対する批判が、『ユーレイニア第一部』にも織り込まれているのだ。

『ユーレイニア』は、ロマンスの特徴である恋愛話や現実離れした冒険物語や魔法を中心とするエピソードで話が進んでいく。しかし、これまで述べてきたように、この作品の根底にはプロテスタントによる神聖ローマ帝国の樹立という十六・十七世紀のプロテスタントの強い願望が存在している。『ユーレイニア第一部』では、パンフィリアの恋人でナポリ国王のアンフィランサスが、神聖ローマ帝国皇帝に選ばれ、各国の政治と宗教の違いを「寛容」という政策によって克服し、プロテスタントの統一国家を創り上げていく英雄として描かれている。しかし、イギリス国内はボヘミア国王とエリザベス王妃への支援をめぐって意見が割れ、大騒動であった。ジェイムズはヨーロッパ大陸での戦争に巻き込まれるのを恐れ、イギリス国内のプロテスタントの強い要請にもかかわらず、ボヘミア国王・王妃への軍事的あるいは財政的な支援を一切拒絶し、曖昧な立場をとりつづけていた。従って、一六二一年に出版された『ユーレイニア第一部』は、自分の娘夫妻への援助をかたくなに拒絶していたジェイムズ国王の政策に対する痛烈な批判と解釈されることになる。

すでに述べてきたように、従来、研究者たちは『ユーレイニア』の主人公アンフィランサスのモデルは、故ヘンリー王子と仲が良く、強いプロテスタント支持者であったロウスの従兄で恋人のウィリアム・ハーバート第三代ペンブルック伯と考えてきた。確かにロウスはアンフィランサスを、ウィリアム・ハーバートの特徴を体現している人物として描いている。武勇に秀で、女性の魅力に弱く、メランコリックな気性で、詩才に恵まれ、そして何よりも彼の長年の恋人はロウス自身がモデルとなっている従妹のパンフィリアである。

しかし、マリオン・ウィン＝デイヴィスやダニエル・クラークなどが指摘しているように、メアリ・ロウスの作品には複数の実在の人物が作品の登場人物に重ねられるという特徴がある。(6)『ユーレイニア第一部』のアンフィランサスについてもウィリアム・ハーバートのほかに、エリザベス王女の夫のボヘミア王フレデリックが重ねられているとみなすこともできる。フレデリックは、先に述べたようにヨーロッパにおけるプロテスタントの代表格の選帝侯とみなされ、『ユーレイニア』におけるアンフィランサスのように、一六一九年には神聖ローマ帝国皇帝の称号を授与されている。フレデリックは優れた武将であり、『ユーレイニア』の中のアンフィランサスが自国を離れ「悪」と戦って旅をしているのに対し、フレデリックはヨーロッパのカトリック勢と戦っていた。さらに、アンフィランサスのように、フレデリックが時々メランコリア（うつ病）に悩まされることは、妻のエリザベスもイギリスの友人宛の手紙で書いている。フレデリックのこの病は歳をとるに従い、ひどくなっていったようだ。もちろん、歴史上のボヘミア王と王妃が『ユーレイニア』の中のアンフィランサスとパンフィリアとは多くの点で異なっているのも事実である。なによりも、ボヘミア王と王妃はロウスの創り上げた不倫関係にあるナポリ国王とパンフィリア王国女王と異なり、正式に結婚していた。しかし、『ユーレイニア第一部』の中で、パンフィリアの一途さがアンフィランサスの「心変わり」と絶えず比較対照されて描かれているように、エリザベス王妃の考え方や行動が一貫していたのに対し、フレデリックが優柔不断であったことは、当時の人々によく知られていた(7)。

ボヘミア王妃エリザベスがエリザベス一世の復活としてイギリスのプロテスタントたちから敬愛されていたことについてはすでに述べたが、『ユーレイニア第一部』のパンフィリアも、エリザベス一世のイメージと重ねられている。パンフィリアはパンフィリア王国の女王であり、エリザベス一世がそうであったように彼女の王国を手中に収めることをねらう他国の王や王子にたびたび求婚される。時には近隣国の男性の治世者によるパンフィリア王国への侵略の危機にも立たされる。ボヘミア王妃エリザベスは、ジェイムズ国王の王女であった幼少の頃から政略結婚の対象にされてきたが、フレデリックとの結婚後は領地を献身的に守り、その勇気と決断力はイギリスやヨーロッパのプロテスタントから賞賛されていた。エリザベス王妃自身もカトリック勢と敵対関係の只中にあって、エリザベス一世を強く意識し、エリザベス一世と重ねて自己のイメージを構築していたようである。エリザベスは最も親しかったベッドフォード伯夫人ルーシーに亡命先のハーグから頻繁に手紙を書いているが、その中のひとつで、ボヘミア王と王妃への支援を拒絶するようジェイムズ国王に忠告するイギリスの宮廷人のことを、「あの人たちは身体はイギリス人でも心はスペイン人」という表現を用いて揶揄している(8)。この表現は、エリザベス一世がスペインの無敵艦隊の攻撃に備えてイギリス兵を鼓舞するために、テイルベリーで行なったといわれている有名なスピーチの、「私はか細い女の身体をしていても、国王の心と器量をもっている」という表現をもじったものである(9)。

3

パンフィリアは『ユーレイニア第一部』の中で二回ほど、エリザベス一世が国会で行なったとされる有名なスピーチの表現を用いている。そのひとつは、すでに扱った、パンフィリアが一人森の中でロマンスを読んでいた時のエピソードである。政治やアンフィランサスとの恋愛に疲れ果てたパンフィリアは、つかの間の心の安らぎを得ようとたった一人で森に来て、「ロマンス」

を読みだした（『ユーレイニア第一部』三一七頁）。

その内容は、長い間恋愛関係にあった男性が「心変わり」をして女性を裏切るという話で、パンフィリア自身がアンフィランサスとの関係で何度も経験してきた男性の「裏切り」についてであった。このエピソードの中の裏切られた女性への同情と、アンフィランサスの度重なる「裏切り」に対する悲しみを口に出すと、山びこが最後の言葉を繰り返す。そこでパンフィリアは「私はお喋りになったのかしら」と、かつてエリザベス一世が国会で使ったとされる「お喋り」（blabb）という言葉を用いる（『ユーレイニア第一部』三一八頁）。

たとえ周りに誰もいない森の中とはいえ、個人的な感情を吐露することは女性としてあるまじきことで、個人的感情を表現したものは、「キャビネット」に入れておくべきであった、というパンフィリアの想いがここではうかがえる。同じ"blabb"という言葉をエリザベス一世が一五八七年、スコットランド女王メアリがカトリック勢力に加担して企てた陰謀を明らかにする国会でのスピーチの中で用いている(10)。

パンフィリアがエリザベス一世の言葉を使っているもうひとつの場面は、パンフィリアが近隣国の王レアンドラスの結婚の申し込みを拒む旨を、父親のモーリア国王に伝えるところである。モーリア国王は、パンフィリアと従兄のアンフィランサスが親しいことを知ってはいたが、レアンドラスは政治的にも財政的にもパンフィリアの結婚相手として相応しいと考え、パンフィリアにこの結婚を勧めた。

この縁談を断わる際に、ロウスはパンフィリアにエリザベス一世の言葉を使わせている。このスピーチは、女王が一五五九年、世継ぎをもうけるために女王に結婚を要望する下院に対して行なったと歴史家のウィリアム・キャムデンが記録している、女王の有名なスピーチのひとつであった。

「私はすでに夫をもっている身です。イングランド王国という夫を私はもっているのです。私が私の国と交わした誓いを、あなた方自身がお忘れだということが私には不思議でなりません。」

この後女王は、イングランド王国の王となり、王国と一体となったことを誓った時にした指輪を指からはずし、見せたということである。(11)

一方、パンフィリアは父親に、レアンドラスとの結婚話を進めないでほしいと、以下のように懇願する。

「陛下はすでにこのパンフィリアをパンフィリア王国と結婚させました。もし私の幸せを望んでくださるのであれば、私をパンフィリア王国という夫と離婚させたり、別の夫をもたせようとしたりすることはなさらないはずです。」パンフィリアはさらにモーリア王に懇願を続けた。

「陛下、なぜなら私の国民は私を必要としています。私は彼らとともにいなくてはならないのです。」

（『ユーレイニア第一部』二六二頁）

パンフィリアが二箇所で用いたエリザベス一世の言葉は、どちらも女王のプロテスタントとしての立場を明らかにするものであった。ひとつは「お喋り」（blabb）であり、女王の最大のライヴァルであったカトリック教徒のスコットランド女王メアリの処刑問題をめぐって、エリザベス女王が自らのプロテスタントとしての姿勢を明らかにする際に用いられている。もうひとつは、一五五九年に女王が議会で行なったスピーチで、プロテスタント王国のイングランドを単身で守っていく覚悟を国民に宣言したものであった。

しかし、エリザベス一世が政治的目的でこれらの言葉を用いているのに対し、パンフィリアの立場は少し異なることに注目しなくてはならない。パンフィリアがエリザベス一世の言葉を使う目的は、単に自らの政治的立場を表現するだけではなく、個人的な動機が強く関わっている。レアンドラスとの縁談を断わるのに、エリザベス女王のスピーチを利用して父のモーリア王に嘆願する真の理由は、従兄のアンフィランサス以外の男性との結婚を避けるためなのだ。パンフィリアはエリザベス一世が国会で行なったとされているスピーチの中でも、最もよく知られているインパクトの強いスピーチを借用することで、君主としての公的な立場を強調し、パンフィリア王国女王としての威厳を保ちながらも、実は「私的領域」に属する彼女自身の欲望を主張しているのである。

レアンドラスの求婚の真意は、彼が告白するように彼女に対する愛情ではなく、パンフィリア王国の支配権を手に入れることであることは、パンフィリア自身が承知している。彼との縁談を断わってほしいと父親のモーリア王に嘆願する際にも、パンフィリアははっきりと述べている。

あの方が私を愛しているのは、私自身ではなく私の王国であり、モーリア国王の娘という私の名誉なのです。

（『ユーレイニア第一部』二六二頁）

さらにこのエピソードで、愛情を口実に結婚話をもちかけ、実は領土併合をねらう男性の統治者がよく使う手口を、ロウスは皮肉なエピソードを挿入することで非難し嘲笑している。結婚の承諾をパンフィリアから得られないレアンドラスは、この後アンフィランサスのもとに行き、パンフィリアを説得してほしいと頼むのである。もちろん、レアンドラスはアンフィランサスとパンフィリアが長年恋愛関係にあり、パンフィリアがレアンドラスとの結婚を固辞する真の理由がアンフィランサスへの愛情であるとは、思いもつかない。

若き頃のエリザベス一世も、多くの国王や王子から求婚を受け、世継ぎを渇望する議会が女王に結婚を何度も勧めた。頭脳明晰な女王は、彼らの真の目的がイングランドを自国の属国にすることであったことは、パンフィリアと同様にわかっていたにちがいない。しかし、エリザベス一世は少なくとも公のスピーチでは、パンフィリアのように、結婚をもち出す男性統治者の真意にふれることはなかった。このように、パンフィリアによるエリザベス一世のスピーチの用い方には、女王としての「公的立場」と個人としての「私的領域」の乖離を認識しながらも、意図的に一体化させようとする試みが見られる。特にパンフィリアは、イギリスで中世以来広く受け入れられていた「国王の二つの身体」という考え方、つまり治世者のアイデンティティを「政治的な身体」と「私的な身体」に分離させて考える概念に挑戦しているのだ。当時の政治概念では、治世者は自らが二つの「身体」から成り立っており、常に「政治的な身体」を「私的な身体」に優先させて行動すべきであるとみなされていた[12]。ただし女性の場合は、女性本来の「弱さ」からこのように自らを二つに分けて行動することは不可能であると思われ、統治者には不向きであると伝統的に考えられてきた。エリザベス女王が王位に就く前年の一五五八年に急進的プロテスタントのジョン・ノックスが、プロテスタント弾圧が厳しかったメアリ女王の治世を批判して、『女性君主による恐るべき治世に反対するトランペットの最初の警笛』という書物を刊行した[13]。

エリザベス一世に関する当時の記録や、これまで出版されてきた数多くの「伝記」によれば、女王は「公的領域」では君主としての政治的な役割を見事に演じたが、私的にはレスター伯、エセックス伯を始めとする寵臣との関係や結婚話などで、激しい感情の起伏を経験していた。パンフィリアによるエリザベス一世のスピーチの用い方は、「女王の二つの身体」のうち「政治的な身体」を「私的な身体」から分離させるのではなく、二つの「身体」をバランスよく保っていく女性統治者の生き方を示唆している。メアリ・ロウスはこのような女性統治者の表象により、女性は統治者には不向きであるという、中世以来の通説に挑んでいると思われる。

4

エリザベス朝の詩人であったエドマンド・スペンサーは、『妖精女王』（一五九〇―九六）をエリザベス一世に献上している。この詩集に登場する妖精の国の女王ブリトマートは、エリザベス女王をモデルにしていると一般にみなされている。ジョセフィン・ロバーツは、ブリトマートとパンフィリアをくらべて、スペンサーはブリトマートに困難は伴うが女王としての「二つの身体」をバランスよくもたせるのに成功しているとみなす。それに対しパンフィリアのほうは、「心変わり」を繰り返すアンフィランサスに対する自分の感情をコントロールできず、女王の立場を忘れて悲しみに打ちひしがれることがたびたびあると指摘する。男性の権力闘争が繰り広げられる現実社会で、女性が「二つの身体」を保ちながら君主として政治を治めることのむずかしさを、ロウスはスペンサー以上に強調しているとロバーツは考える。[14] 確かに、特に『ユーレイニア第一部』では、パンフィリアの「主体」の構築はアンフィランサスとの恋愛を基盤としてなされているので、アンフィランサスがさまざまな国々に遠征し彼女のもとを離れている間は、自分自身を「私自身の哀れで弱々しい影」（『ユーレイニア第一部』三一八頁）とみなすこともある。ロバーツが指摘するように、『ユーレイニア第一部』には、パンフィリアが自分の「政治的な身体」を無視して自らの感情に支配される場面がたびたび描かれている。

しかしながら、『ユーレイニア』には「王の二つの身体」をうまく使いこなせない堕落した男性の統治者も何人か登場することを忘れてはならない。特に『ユーレイニア第一部』で描かれる退廃した王の中に、国王ジェイムズを読者に想起させる人物がいるのは、単なる偶然とは考えにくい。たとえば、パンフィリアの親友の一人であるヴェラリンダが故国のフィルジア国に里帰りする途中、男性の悲鳴を聞きその場に駆けつけると、なんと父親のフィルジア国王が拷問に遭っていた。しかも王を攻撃しているのは、王によって性的な被害を受けた六、七人の「怒れる」女たちの一団であった（『ユーレイニア第一部』五六二―六三頁）。『冬物語』、『シンベリン』といったシェイクスピアのロマンス劇に登場する、男性から受けた屈辱にじっと耐える女たちとこれらの女たちは大きく異なる。王という政治的立場を利用して個人的欲望を満たそうとした王から被害を受けた女性たちが、たとえ相手が国王であっても復讐という行動に出ていることに注目したい。衛兵たちがフィルジア国王をこれらの女たちの暴力から守ろうとするが、彼女たちの怒りは激しく、とても太刀打ちできない。

このエピソードが興味深いのはそれだけではない。これらの女たちは、フィルジア王を半裸にして縛り、鞭で国王の身体を打ち拷問を与える。これによく似た拷問は、『ユーレイニア第一部』が出版される二、三年前にロンドンの赤牛座で上演され、一六二〇年に出版された『女嫌いのスウェトナム、女性によって糾弾される』という劇の中でも描かれている。一六一五年に、自らフェンシングの教師であると語るジョセフ・スウェトナムが『淫らで怠慢、生意気で不貞な女たちに対する糾弾』というパンフレットを出版した。このパンフレットは中世以来繰り返し言われてきた女性の欠点や弱さについての言説の寄せ集めにすぎないのだが、出版されるや大変な人気で、その後二十年間に十版を重ねた。一六一七年には、スウェトナムに対する三本の反論が女性の名の三人の著者によって出版された。そのうちの一本、『メラストマスの口輪』は、レイチェル・スピートという実在の女性によって書かれたが、他の二本の反論については著者が本当に女性であったかどうか定かではない。

三本の反論が出版されて間もなく、作者不詳の戯曲『女嫌いのスウェトナム、女性によって糾弾される』が上演され、『ユーレイニア第一部』出版の前年に出版された。この劇の最後のほうで、女性誹謗のパンフレットの著者である悪名高きスウェトナムが、怒れる女性の一群に拷問にかけられる場面がある。ここでスウェトナムが受ける拷問は、ヴェラリンダの父のフィルジア王の受ける拷問とよく似ている。しかも、一六二〇年に刊行されたこの戯曲の中表紙（タイトルページ）には、スウェトナムが全員女性の裁判官によって裁かれている図版が載せられているが、女性の裁判長と向き合うスウェトナムが、ジェイムズ国王とよく似ているのである。(15) もしロウスが作者不詳のこの喜劇を意識してフィルジア王の拷問の場を書いたとすると、女性たちによる拷問に悲鳴を上げて苦しむ男性の統治者の権威そのものに諷刺の視線が向けられていることになる。劇の中でスウェトナムに復讐を果たす女性たちが笑いの対象として描かれているのは明らかだが、『ユーレイニア第一部』の中のフィルジアの「怒れる」女たちのほうは、必ずしも笑いの対象とはなっていない。拷問の場に到着したヴェラリンダは、父を女たちの暴力から救う一方で、彼女たちと話し合い、言い分を真摯に聞くのである。また、『ユーレイニア第一部』の別のエピソードでは、美しい若者への同性愛に夢中になったモーリアの公爵が、領土も家族も破滅させてしまう。ジェイムズ国王が美しい若者を寵愛し、王妃や世継ぎであった亡きヘンリー王子と不仲であったことは、当時の宮廷人であれば誰でも知っていた。

ロウスは男性の統治者が「政治的な身体」と私的な感情を両立できない例を、他のエピソードでも描いている。が、先に挙げた二つの例は、そのモデルがジェイムズ国王である可能性が示唆されている点で、特に興味深い。

さらに、『ユーレイニア第一部』におけるジェイムズ一世の政策批判は、一六〇八年頃の作と一般に考えられているシェイクスピアのロマンス劇『シンベリン』の一種の「書き換え」とみなすことも可能である。奇妙なエピソードが続く『シンベリン』は、シェイクスピア学者のリー・マーカスらが論じるように、イングランドとスコットランドを統合し共存させようとするジェイムズ一世の平和政策を表象する作品とみなすことが可能である(16)。古代ブリトン王シンベリンは、その美貌に惚れ込んで後妻に迎えた自分の妃による王位簒奪の陰謀すら見抜けない。妃と彼女の連れ子のクロートンの唆しで、古代ローマへの貢ぎ金の支払いを拒絶し戦争となるが、約二十年間行方不明となっていた二人の王子や、王女イノジェンと身分違いの結婚をしたために追放されていた夫ポステュマスの助けで、なんとか勝利を得る。シンベリンはローマとの対決を避け、貢ぎ金を支払う平和政策をとることにする。『ユーレイニア』はジェイムズの、実際にはうまくいかなかったこの曖昧な平和政策を真っ向から否定している。

『ユーレイニア第一部』で描かれるパンフィリアの場合は、個人的にはアンフィランサスとの恋愛関係に悩み、ユーレイニアやヴェラリンダといった仲の良い女性の友人たちには私的感情を打ち明けることもあるが、「公的領域」では女王としての立場を充分に認識し、「女王の二つの身体」をバランスよく保ちつづける。しかし、パンフィリアの主体が公的・私的な両面に分裂して存在していることをロウスは強調している。公的には、エリザベス一世がそうであったように、パンフィリアは君主としての姿勢を見事に披露する。

彼女の国の統治は、女王のパンフィリア自身がそうであったように、正義と勇気をもってうまく運んでいた。公的な場では、パンフィリアは心の中の乱れを決して見せることはなかった。私的な世界では、さまざまな運命が彼女の周りで荒れ狂っていたが。

（『ユーレイニア第一部』四八四頁）

たしかに、私的な場ではアンフィランサスの「心変わり」に絶望することもしばしばある。アンフィランサスの妹でパンフィリアの親友であるユーレイニアに、パンフィリアが女王としての公的立場より私的感情を優先させていると非難されることもある。

男性的な心意気をもっているとと賞賛されているあなたが、恋する「可哀相な女」に成り下がってよいと思うの。

（『ユーレイニア第一部』四六八頁）

しかし、パンフィリアはすぐに「政治的な身体」を取り戻し、アンフィランサスに対する悲しみと絶望で内心は乱れていても、女王として見事に国政を治めていく。ロウスは、『ユーレイニア』において「王の二つの身体」の政治的な面と私的な面の両方を保持する女王パンフィリアの描写を通して、女性の統治者についての新しい概念を打ち出しているのである。

5

ロウスによる女王パンフィリアの描写は、『ユーレイニア第一部』と同年にパリにおいてラテン語で出版されたジョン・バークレイによるロマンス『アルジェニス』の中の女王ハイアニスべの描写と対照をなしている。ジョン・バークレイはパリ在住のイギリス人で、当時フランス宮廷の政治、特にアンリ四世暗殺事件をカトリックの視点から描いたこの「ロマンス」をローマで書いた。冒険や恋愛のエピソード、牧歌的雰囲気といったロマンスの特徴が作品全体の主調をなし、政治・宗教に関わる「危険」な問題は、常に作品の基盤に存在してはいるものの、ロマンスという文学形式が用いられていることで、前面に出されることはない。登場人物のモデルも、『ユーレイニア』の場合と同じく一人の登場人物に何人もの実在の人物が重ねられているので、特定することはむずかしい。しかし、当時のヨーロッパの政治状況を知っている人間であれば、バークレイが何を描こうとしているかは容易に想像できる「鍵小説」である。一六二一年に出版されるや大変な売れ行きで、作品を手に入れることすらむずかしかった。ジェイムズ国王は、ハーグ在住の英国大使ダッドレイ・カールトンに入手するように命令を出すが、カールトンはとても手に入らないと、ジョン・チェインバレン宛の手紙の中で述べている。[17]『アルジェニス』の最初の英訳は一六二五年、キングズミル・ロングによって出版されるが、その前にジェイムズ国王の命でベン・ジョンソンが英訳を完成させていたようだ。一六二三年十月二日には『アルジェニス』の英訳の出版登録がなされている。しかし、ジョンソンの『アルジェニス』の英訳書は同年十一月の彼の家の火事で永久に消えてしまった。[18]一六二八年には、国王の命令でサー・ロバート・ル・グリィの翻訳が刊行されている。その後もイギリスでの関心は続き、十八世紀には新たに二つの翻訳が出版され、バークレイの『アルジェニス』は出版史上稀にみる大ヒット作品となった。

『アルジェニス』にはハイアニスベという、エリザベス一世をモデルとしている女王が登場する。[19]十七世紀イギリス文学・文化の専門家であるポール・ソルツマンが指摘するように、ハイアニスベは史実のエリザベスとは異なり、女性的な私的感情を優先させ、統治者としての威厳や誇りはなく、政治的判断は彼女が愛するポリアーカスに任せている。[20]ハイアニスベは、パンフィリアのように男性の権力から独立した自己認識を持ち、「女王の二つの身体」を体現する女王としては表象されていない。

『ユーレイニア第一部』と同年に出版され、宗教的立場は異なるが同じように当時のヨーロッパの政治的・宗教的対立を描く「鍵小説」の『アルジェニス』のほうは、『ユーレイニア』とちがって回収命令を受けることなく再版を重ねた。その理由の一つは、カトリックの宗教色の強かったパリで、カトリックの視点からアンリ四世というプロテスタント色の強い国王の暗殺をテーマとしたことで、いわばカトリック受けをした「ロマンス」だったということであろう。一方『ユーレイニア』の場合は、ロマンスの文学形態を用いて批判している対象が、現体制のジェイムズ国王の政策であり、宮廷であった。ジェイムズ国王はイングランドの繁栄を鼓舞するには自らの治世をエリザベス一世の治世と同化させることが必要であったとはいえ、実母を処刑したエリザベス女王に対しては複雑な想いを抱かざるを得なかったであろう。[21] エリザベス女王を想起させる女王パンフィリアを作品の主人公としていることも、宮廷でのスキャンダルの原因の一つであったと思われる。以上の事情はあったが、非難の的となった最大の理由は、女性が書くことを認められた領域が男性作品の翻訳や宗教書、あるいは妻や母としてあるべき姿についての指南書に限られていた時代に、恋愛のエピソードを中心とするロマンスを、女性が創作し出版したことであろう。

また、一六四〇年にはジュディス・マンというフランス在住のイギリス人女性が、『アルジェニス』の仏語訳の要約版を英訳し、『美しいアルジェニスとポリアーカスの話の要約版』というタイトルで出版した。[22] この翻訳書はレイディ・アン・ウェントワースに献呈され、ロンドンで出版されている。マンは、バークレイの『アルジェニス』をM・N・コフトが仏語で要約した版を英訳した。マンの「序文」によれば、彼女は自分の部屋（「クローゼット」）で十八歳の淑女にふさわしい本を読んでいた。クリスマスの頃に読んだ『アルジェニス』の仏語訳が大変気に入り、しかも、自分とは信仰が異なるとはいえ、フランスでは最高級の学問があり、人々に尊敬されている司教による仏訳であると両親から聞き、仏語の練習のために英訳をこの時に思いついた。[23]

マンによる『アルジェニス』の仏語翻案の英訳には、重要な点がいくつかある。まず、アンリ四世暗殺に関わる政治的な部分を削除していること、そしてバークレイのカトリックの視点をすべてプロテスタントの視点に変えていることである。アルジェニスの美徳をプロテスタントの視点から賞賛することがこの作品の中心となっている。マンの両親は、プロテスタントであったウィリアム・ウェントワースに仕えていたようで、マンは両親の紹介でウェントワース夫妻を知り、長女のアン・ウェントワースにこの翻訳を献呈することにしたらしい。マンは「序文」で、ロマンスの主人公のアルジェニスとアン・ウェントワースは二人とも徳高い女性ではあるが、アンはプロテスタントであるから「正しい」神を知っているのに対し、カトリックのアルジェニスは「真の神」を知らなかったと述べている。したがってマンは、アルジェニスよりアン・ウェントワースのほうが優れているとみなす。[24] さらに彼女は読者に向けた「序文」の中で、自分は虚栄心から翻訳をして出版したのではないとし、フィリップ・シドニーの『アーケイディア』の仏語訳をした作者や、『ユーレイニア』の作者等、当時の女性作家の系譜に自らを位置づけている。さらに、自分は人々の注目を浴びるために翻訳をしたわけではないが、女性作家が世間で話題になることがあまりにも少なく、彼女たちはもっと尊重されなくてはならない、と付け加えている。(25)その後、自分は女性としての「従順さ」や「義務感」をもって翻訳はしたものの、女性は概して学問に疎く、過ちを犯しやすいので、自分の翻訳の不備には寛大であってほしいと、女性が自作や翻訳を出版する際に世間の非難をかわすために使った常套的な表現をも用いている。しかし、献呈相手が女性のアン・ウェントワースであるからという理由はつけているものの、タイトルではアルジェニスとポリアーカスが併記されてはいるが、アルジェニスのほうを中心人物と考えてほしいと述べているのが興味深い。

『アルジェニス』の翻案のジュディス・マンによる英訳は、訳者が女性登場人物を作品の中心と考えていることや、自らを女性作家、女性翻訳者の系譜に入れていることにおいて、のちのイギリスの女性作家の位置づけに大きな意味をもっている。特に、マンが自らを女性作家とみなす基盤としている作家の一人が、『ユーレイニア』の作者メアリ・ロウスであったことは意義深い。

このように、一六三〇年代以降、特に内乱期に入る四〇年代になると、多くの女性が政治や宗教に対する見解を述べ、作品や冊子を次々と「キャビネット」から出して刊行していく。(26)女性の「自己」が「公的領域」に出ることを防ぐための「キャビネット」の役割は、ジュディス・マンのロマンスが出版された一六四〇年あたりで終焉したようだ。この後、「キャビネット」という言葉はむしろ男性が貴重な文書やコレクションを収納する「箱」や「部屋」の意味で使われるようになり、やがては「内閣」という行政を司る「閣僚の集まり」という意味にも発展していく。

本章の基盤となっているのは以下の口頭発表である。

・'Representation of Elizabeth I in Lady Mary Wroth's *Urania*', The Annual Conference of the Renaissance Society of America (Los Angeles), March 2009.

・「'Cabinet' に保管された女性の Public Space ——ジェイムズ朝文化におけるロマンスの変容」第八二回日本英文学会〔二〇一〇年五月、於：神戸大学〕「招待発表」。

注

(1) エリザベス王妃の生涯については、Carola Oman, *The Winter Queen: Elizabeth of Bohemia* (London: Phoenix Press, 1938); M. Everett, *Green, Elizabeth, Electress Palatine and Queen of Bohemia* (London: Methuen, 1909); Lewalski, *Writing Women in Jacobean England*, pp. 45-65 を参照。

(2) Annabel Patterson, *Censorship and Interpretation: The Conditions of Writing and Reading in Early Modern England with a New Introduction* (Madison: The University of Wisconsin Press, 1984), pp. 81-87; Jonathan Goldberg, *James I and the Politics of Literature* (Baltimore: The Johns Hopkins University Press, 1983); Margot Heineman, *Puritanism & Theatre: Thomas Middleton and Opposition*

Drama under the Early Stuarts (Cambridge: Cambridge University Press, 1980); Lewalski, *Writing Women in Jacobean England*, pp. 54–65; Paul Saltzman, *Literary Culture in Jacobean England: Reading 1621* (Palgrave Macmillan: Basingstoke, 2002), pp. 1–12; 64–81 を参照。

(3) Frances Yates, *The Rosicrucian Enlightment* (London: Routledge & Kegan Paul, 1972), pp. 1–125; Graham Parry, *The Golden Age Restor'd: The Culture of the Stuart Court, 1603–42* (New York: St. Martin's Press, 1981), pp. 1–184; Curtis Perry, *The Making of Jacobean Culture* (Cambridge: Cambridge University Press, 1997), pp. 153–87 を参照。

(4) Georgianna Ziegler, 'A Second Phoenix: The Rebirth of Elizabeth I in Elizabeth Stuart', in *Resurrecting Elizabeth I in Seventeenth-Century England*, eds. Elizabeth H. Hageman and Katherine Conway (Madison: Fairleigh Dickinson University Press, 2007), pp. 111–31; John Watkins, *Representing Elizabeth in Stuart England: Literary History, Sovereignty* (Cambridge: Cambridge University Press, 2002), pp. 33–34 を参照。

(5) Leigh William, *Queene Elizabeth, Paraleld in Her Princely Virtues with David, Josua, and Hazekia* (London, 1612).

(6) Danielle Clarke, *The Politics of Early Modern Women's Writing* (Edinburgh: Pearson Education, 2001), pp. 239–52; Wynne-Davies, 'For *Worth*, Not Weakness', in *'This Double Voice'*, pp. 164–184; Edith Snook, *Women, Reading, and the Cultural Politics of Early Modern England* (Aldershot:

Ashgate, 2005), pp. 145–67.

(7) C. V. Wedgwood, *The Thirty Years War* (1938) (New York: The New York Review of Books, 2005), pp. 97–8, 144–145; Lewalski, *Writing Women in Jacobean England*, pp. 54–65.

(8) Lewalski, *Writing Women in Jacobean England*, p.62.

(9) J. E. Neale, *Queen Elizabeth I* (London: Penguin, (1933) 1990), p.302.

(10) J. E. Neale, *Elizabeth I and Her Parliaments, 1584–1601* (New York: The Norton Library, 1960), p.117.

(11) *Elizabeth I: Collected Works*, eds. Leah Marcus, Janel Mueller, and Mary Beth Rose (Chicago: The University of Chicago Press, 2000), p.59.

(12) Marie Axton, *The Queen's Two Bodies: Drama and the Elizabethan Succession* (London: Royal Historical Society, 1977).

(13) John Knox, *The First Blast of the Trumpet Against the Monstrous Pegiment of Women* (Geneva, 1558).

(14) Roberts, 'Radigund Revisited: Perspectives on Women Rulers in Lady Mary Wroth's *Urania*', in *The Renaissance Englishwomen in Print: Counterbalancing the Canon*, eds. Anne M. Haselkorn & Betty S. Travitsky (Amherst: The University of Massachusetts Press,1990), pp. 187–210.

(15) *Swetnam the Woman-Hater Arranged by Women* (London, 1620).

(16) Leah S. Marcus, *Puzzling Shakespeare: Local Reading and Its Discontents* (Berkeley: University of California Press, 1988), pp. 125–36; Constance Jordan, *Shakespeare's Monarchies: Ruler and Subject in the Romances* (Ithaca: Cornell University Press, 1997), pp. 69–106.

(17) *Dudley Carlton to John Chamberlain 1603–1624: Jacobean Letters*, ed. with an introduction by Maurice Lee Jr. (New Brunswick, New Jersey: Rutgers University Press, 1972), pp. 295–96.

(18) Salzman, *Literary Culture in Jacobean England*, p.76.

(19) John Barclay, *Barclay's 'Argenis'*, trans. Kingsmill Long (London, 1625).

(20) Salzman, *Literary Culture in Jacobean England*, pp. 77–80.

(21) Perry, *The Making of Jacobean Culture*, pp. 153–87.

(22) Judith Man, *An Epitome of the History of Fair Argenis and Poliarchus* (London, 1640).

(23) Man, sigs. A6v–A7r.

(24) Man, sigs. A4v–A5r.

(25) Man, sigs. A7r–A7v.

(26) Hilda Smith, Mihoko Suzuki and Susan Wiseman eds., *Women's Political Writings 1610–1725*, 4 vols. (London: Pickering and Chatto, 2007) を参照。

おわりに

メアリの伯父のフィリップ・シドニーや、エドマンド・スペンサー、サミュエル・ダニエルといった文人によって発展してきた「政治ロマンス」という文学ジャンルは、いったん廃れたが、一六二〇年前後に流行が復活する。イギリス国内においては一六一八年十一月のサー・ウォルター・ローリー処刑の是非をめぐる議論が世を沸かす一方で、一六一五年にはトマス・オヴェリー殺害事件、また一六一九年にはトマス・レイクの国費横領事件と、宮廷のスキャンダルが次々と発覚した。サー・ウォルター・ローリーはメアリ・ロウスの母レスター伯夫人バーバラ・ガメッジ・シドニーの従兄であった。本書の序章で書いたように、一六〇三年十二月には第二代ペンブルック伯夫人メアリ・シドニー・ハーバートがシェイクスピアの『お気に召すまま』を使って、国王ジェイムズに延命を願った可能性があるけれども、結局一六一八年にサー・ウォルター・ローリーは処刑された。

国外問題については、ボヘミアを追放されたボヘミア国王と王妃の支援をめぐって、急進的なプロテスタントと、宗教的な中立を保とうとするジェイムズ国王の支援者との間で、激しい議論が戦わされていた。ジェイムズ国王は国王の絶対権力を唱え、自らの政策が批判されるのを極度に嫌っていることをロウスは知っていた。当時のジェイムズの外交政策を批判したり、家父長制社会の通念に挑んだりするには、フィリップ・シドニーがしたように、ロマンスのジャンルを表現手段として使うことが賢明だと、ロウスは考えたのであろう。「キャビネット」に保存されていた『ユーレイニア第一部』の草稿が一六二一年に刊行され「公的領域」に出た時、世間の非難は彼女が想像していたものをはるかに超えていた。ロウスが書きつづけた『ユーレイニア第二部』は、約四世紀の間、真の意味で「キャビネット」から出されることはなかった。

『ユーレイニア』を通して、ロウスはロマンスの形を借りてさまざまな意味で社会に挑戦している。『第一部』では、男性が絶対権力をもつ家父長制社会における女性の「自己」の存在を執拗に追究している。さらに「国王の二つの身体」という伝統的な政治概念にも疑問を投げかけている。『ユーレイニア第二部』では、『第一部』と同様の問題に加えて、人種・庶子の問題が扱われている。ロウスの個人的な境遇や、イギリスという国自体が直面していた「異文化」との難しい関係が示唆されていて、特に興味深い。ロウスが『ユーレイニア』と牧歌喜劇『恋の勝利』で一貫して打ち出しているテーマは、女性の思考能力と行動力、即ち、「主体」としての女性の存在である。

しかし、イギリス・ルネサンス期を生きたメアリ・ロウスは、そのような見解を主張するのに充分な言語をもっていなかったことを、二十一世紀に生きる読者たちは理解しなくてはならない。女性の「主体」の尊厳を定義するのに「貞節・寡黙・従順」という言葉しかなかった時代、また女性が「忠誠」を尽くす対象が神か、夫や父あるいは兄といった家父長に限られていた時代、これらの定義に収まらない自己認識をいかなる手段によって表現できたであろうか。メアリ・ロウスにとってその手段の一つは、本書が明らかにしたように、当時の人気作家でしかも恋人のウィリアム・ハーバートがパトロンでもあったウィリアム・シェイクスピアの作品を書き換えることであった。ロウスがアン王妃の側近として宮廷にいる時は、宮廷で上演されたシェイクスピア作品を観劇することができたであろう。またアン王妃主催の仮面劇『黒の仮面劇』や『美の仮面劇』に出演しているので、ロウスは仮面劇にも関心があった。

メアリ・ロウス自身が投影されているとみなされる『ユーレイニア』の登場人物の一人、リンダミーラが宮廷を去ることになるエピソードでも、ロウスは「仮面劇」のイメージを用いている。リンダミーラはフランス王妃の側近として寵愛を受けていたが、彼女の長年の恋人を王妃も気に入っていた。またリンダミーラはすでに結婚していたので、夫にも王妃にも気づかれることのないように注意深く、恋人に想いをかけていた。夫はすでにリンダミーラの愛情が別の男性に向けられていることに気づいており、その男性が誰なのかを知ろうとしたりする。一方、王妃のほうは、自分が気に入っている宮廷人が実はリンダミーラを愛していることに気づくが、王妃という政治的地位によって自分の家臣の想いは支配できると思っている。ところが、ロウスの言葉によると「愛の神キューピッドが治める宮廷」（『ユーレイニア第一部』五〇〇頁）においては、王妃であろうと家臣であろうとすべてが同じ立場にあるのであって、王妃の思うようにはならない。そのことを、意地の悪い女性宮廷人が王妃に告げ口をし、王妃はリンダミーラに対し嫉妬を抱くようになる。王妃の寵愛は消え、リンダミーラはその理由を王妃から直接聞こうとするがかなわず、結局宮廷を去ることになる。王妃の寵愛を失った時のリンダミーラの衝撃を、ロウスは「仮面劇」に喩えて描いている。

リンダミーラは、前日の夜に行なわれた華やかな「仮面劇」の中にただ一人取り残されているような想いがした。「仮面劇」に出演した他の宮廷人は、すでに衣装を脱ぎ、もとの服装に戻っていて、前日の「仮面劇」を想わせる華美な衣装を身につけている者は誰もいないのに。

（『ユーレイニア第一部』五〇〇頁）

一六二三年にはシェイクスピアの初の戯曲全集の「第一・二つ折版」が出版されている。『ユーレイニア第二部』を執筆した一六二四年以降、メアリ・ロウスは宮廷にいなくても、ロンドンの演劇界で一世を風靡したシェイクスピア作品を読むことができた。したがって、『第二部』においてもシェイクスピア作品を踏まえ、当時の社会に対する彼女の見解を表現することができた。シェイクスピア作品はロウスにとって、自分自身の言語を生み出すための触媒の役割を果たしたとも言えよう。

＊

本書の刊行にあたって、多くの方々のお世話になった。

長い年月にわたり、寛大なご支援を与えてくださったペンズハースト館現当主第二代ドゥライル子爵フィリップ・シドニーご夫妻に深謝する。ご夫妻の温かいご協力なしには、この本の執筆は不可能であった。ペンズハースト館の所蔵品はすべてドゥライル卿のプライヴェイト・コレクションであるが、肖像画・家具など多くの画像の本書掲載をご許可くださった。また、メアリ・ロウスの『恋の勝利』やメアリ・シドニーの手稿、ロバート・シドニーから妻のバーバラに宛てた書簡と彼の執事のローランド・ホワイトからロバート・シドニーに宛てた書簡等を読む機会も与えていただいた。ご令息のフィリップ・シドニー氏、ご令嬢のソファイア・シドニー氏からも、貴重なご意見をいただいた。画像の担当者であった故ボニー・ヴァーノン氏、現在の担当者タムジン・リー氏、そしてドゥライル卿秘書のキャロライン・シンプソン氏のご厚意にも感謝する。さまざまな色の花々が庭園を美しく飾るペンズハースト館を訪問することは、いつも私の訪英の最大の喜びである。

メアリ・ロウスを含むシドニー家の人々の功績を研究する世界中の学者からは、大きな励ましをいただいた。二〇一〇年五月にメアリ・ロウスの「伝記」を刊行したマーガレット・ハネイ教授（シエナ大学、アメリカ。以下、海外については名誉教授を含む）は、常に私の研究に理解を示してくださった。「アメリカ・ルネサンス協会」での発表に招き、貴重なコメントも与えてくださった。二〇〇八年四月、ハネイ教授と二人で『ユーレイニア第二部』の手稿を見るためにシカゴのニューベリー図書館を訪れたが、メアリ・ロウスの筆の乱れに二人で声をあげて驚いたのは、今では楽しい想い出である。メアリ・エレン・ラム教授（南イリノイ大学、アメリカ）も、国際学会での論文発表や論文刊行の機会を与えてくださった。長年の友人で、イギリス・ルネサンス期女性作家の研究を専門とするマリオン・ウィン＝デイヴィス教授（サレイ大学、イギリス）の斬新な研究からは、常に刺激をいただいた。イギリス・ルネサンス期の女性作家の作品の当時の上演については、アリソン・フィンドレイ教授（ランカスター大学、イギリス）から多くの示唆をいただいた。

本書の第一章は、二〇〇二年にイギリスのストラトフォード・アポン・エイヴォンにあるシェイクスピア・インスティチュートで開催された第三〇回国際シェイクスピア学会で発表した論文を基盤としている。世界中から集まった権威あるシェイクスピア学者を前に口頭発表するにあたり、多くの方が助けてくださった。ロンドン大学キングズ・カレッジの恩師でもあるリチャード・プラウドフット教授、ジュリエット・デュセンベリー教授（ケンブリッジ大学）からも貴重なご助言をいただいた。発表後にE・A・J・ホニンガム教授（ニューカースル・アポン・タイン大学、イギリス）からいただいたご意見は、今日私が研究を進めるエネルギー源となっている。発表の機会を与えてくださったアン・トンプソン教授（ロンドン大学キングズ・カレッジ）、ピーター・ホランド教授（ノートルダム大学、アメリカ）にも感謝する。サンドラ・クラーク教授（ロンドン大学バークベック・カレッジ）は毎夏、イギリス・ルネサンス文化を築いた貴族の邸を訪れる旅に誘ってくださった。ウィルトン・ハウス、バーリー・ハウス、チャッツワース、ハードウィック・ホール等を車で訪れ、稔りある楽しい時を過ごすことができた。イギリスに戻るたびに歓迎してくれるメアリ・ヘイマー博士ご夫妻、ロンドン大学大学院時代からの友人トゥルーディー・ダービー博士、シャーロット・ルッシェ教授（ロンドン大学）の友情はとてもありがたい。リサーチや画像の調達では、大英図書館、ニューベリー図書館、国立肖像画美術館（ロンドン）のスタッフにもご尽力いただいた。

日本の研究者にもお世話になった。本書の基盤となっている口頭論文発表の機会を与えてくださった、日本シェイクスピア協会、日本英文学会、名古屋大学英文学会に御礼を申し上げる。オランダ語やフランス語のカタカナ表記などさまざまな点で、東京女子大学の同僚からご助言をいただいた。東京女子大学の授業では学生の皆さんから新鮮な反応をいただいた。一九九九年、みすず書房から出版された拙著の場合と同様に、今回もお忙しいなかご無理をお願いして東京工業大学名誉教授玉泉八州男氏と、慶應義塾大学教授の井出新氏に拙稿をお読みいただき、いろいろとご指摘をいただいた。厚く御礼を申し上げる。なお、本書に不備があればすべて私の責任である。

みすず書房の辻井忠男氏には今回も大変お世話になった。辻井氏のご親切な励ましがなかったら、本書がこの時期に刊行されることはなかっただろう。
最後に、私をいつも支えてくれた家族に、感謝の気持ちを捧げたい。

二〇一〇年九月、大英図書館にて

楠　明子

著者略歴

（くすのき・あきこ）

東京女子大学卒．東京大学大学院およびマウント・ホリョーク大学大学院両修士課程修了．コロンビア大学大学院留学．東京大学大学院博士課程単位取得満期退学．ロンドン大学にて文学博士号（英文学）取得．現在，東京女子大学現代教養学部教授．Executive Committee Member of The International Shakespeare Association．2005 年 4 月から 2009 年 3 月まで日本シェイクスピア協会会長．主な著作（共著）'"Their Testament at Their Apron-strings"', in *Gloriana's Face: Women, Public and Private, in the English Renaissance*, eds. Marion Wynne-Davies and Susan Cerasano（Hemel Hempstead: Harvester, 1992），'"O Most Pernicious Woman"', in *Hamlet and Japan*, ed. Yoshiko Ueno（New York: AMS, 1995），『英国ルネサンスの女たち——シェイクスピア時代における逸脱と挑戦』（みすず書房，1999 年），『ゴルディオスの絆——結婚のディスコースとイギリス・ルネサンス演劇』（松柏社，2002 年，共 編 著），'Female Selfhood and Male Violence in English Renaissance Drama', in *Women, Violence, and English Renaissance Literature*, eds. Linda Woodbridge and Sharon Beehler（Tempe, Arizona: Arizona Center for Medieval & Renaissance Studies, 2003）他．

楠 明子

メアリ・シドニー・ロウス

シェイクスピアに挑んだ女性

2011年 2 月 28 日　印刷
2011年 3 月 10 日　発行

発行所 株式会社 みすず書房
〒113-0033 東京都文京区本郷 5 丁目 32-21
電話 03-3814-0131(営業) 03-3815-9181(編集)
http://www.msz.co.jp

本文組版 キャップス
本文印刷・製本所 中央精版印刷
扉・表紙・カバー印刷所 栗田印刷

© Kusunoki Akiko 2011
Printed in Japan
ISBN 978-4-622-07596-7
[メアリシドニーロウス]
落丁・乱丁本はお取替えいたします

英国ルネサンスの女たち シェイクスピア時代における逸脱と挑戦	楠　明　子	3990
古典的シェイクスピア論叢 ベン・ジョンソンからカーライルまで	川地美子編訳	3150
シェイクスピアにおける異人	L. フィードラー 川地美子訳	5040
『ロミオとジュリエット』恋におちる演劇術 理想の教室	河合祥一郎	1365
〈新しい女たち〉の世紀末	川本静子	3045
ガヴァネス ヴィクトリア時代の〈余った女〉たち	川本静子	3675
イギリス女性運動史 1792-1928	R. ストレイチー 栗栖美知子・出淵敬子監訳	9975
ゴースト・ストーリー傑作選 英米女性作家8短篇	川本静子・佐藤宏子編訳	3360

（消費税5%込）

みすず書房

姉妹の選択 アメリカ女性文学の伝統と変化	E. ショウォールター 佐藤宏子訳	3990
性のアナーキー 世紀末のジェンダーと文化	E. ショウォールター 富山太佳夫・永富久美他訳	5040
ハムレットの母親	C. G. ハイルブラン 大社淑子訳	5040
『嵐が丘』を読む ポストコロニアル批評から「鬼丸物語」まで	川口喬一	3360
ジョイスと中世文化 『フィネガンズ・ウェイク』をめぐる旅	宮田恭子	4725
ジョイスのパリ時代 『フィネガンズ・ウェイク』と女性たち	宮田恭子	3780
われらのジョイス 五人のアイルランド人による回想	U. オコナー編著 宮田恭子訳	3360
昭和初年の『ユリシーズ』	川口喬一	3780

（消費税 5%込）

みすず書房